吉増剛造
高　銀

「アジア」の渚で

日韓詩人の対話

藤原書店

「アジア」の渚で／目　次

「アジア」の渚で——日韓詩人の対話

写真・吉増剛造

序——高銀先生のこと

姜尚中
Kang Sangjung

『環』の一愛読者にすぎないわたしが、記念シンポ（『環』創刊一周年記念シンポジウム「朝鮮半島と「日本」の関係を捉え返す」、『環』第六号に掲載）で司会をつとめ、学生の頃から雲上の人のように尊敬していた高銀先生と同席することになるとは夢にも思わなかったことである。

全泰壱氏焼身自殺の衝撃

高銀先生の名はあの抵抗詩人、金芝河《キムジハ》とともにいつもわたしの脳裏に焼きついていた。一九七〇年代のはじめ大学に入りたての頃のわたしは、労働者の目をおおうような惨状に抗議して焼身自殺をとげた全泰壱《チョンテイル》氏の事件に言い知れない衝撃を受けていた。ソウルの平和市場と呼ばれた「スウェット・ショップ」（搾取工場）が密集する地域は、全泰壱氏が告発したように、さながらエンゲルスが描いたような十九世紀半ばのイギリス労働者階級と同じような塗炭の苦しみと貧困のなかに喘いでいたのである。

高銀先生が、すさまじいほどの有為転変を繰り返し、出家と還俗、虚無と放蕩の果てに再び歴史へと目を向けられるキッカケとなったのは、この全泰壱氏の焼身自殺であったと聞いている。そしてわたしもこの事件をキッカケにささやかながら父母の地の出来事に関心を向けるようになったと記憶している。それは、自らのミゼラブルな状況を、閉ざされた内面の世界の葛藤としてではなく、歴史の開かれた場のなかで考え抜く舞台転換を意味していた。

それ以後、高銀先生は七〇年代の「疾風怒涛」の現代韓国史を、自ら聴覚を失うほどの拷問にたえながら生き抜かれ、数々のモニュメンタルな作品を精力的に発表されるとともに常に現代史の「前衛」であり続けてこられたのである。もちろん、アヴァンギャルドという表現は先生にはふさわしくない。仏界との縁が強く、『華厳経』のような長編小説を手がけられた先生には「前衛」も「後衛」も一如《いちにょ》であるような、懐の広さと深さが備わっているからである。

現代の安重根

先生とはじめてお会いしたとき、そしてシンポの間の発言を聞いても、身を焦がすような呻きと熱情的な行動力の激しさは影をひそめ、童心のようなはじらいと茶目っ気すらたたえたイノセントな詩人の姿がそこにあった。その人間的な魅力と不思議さにわたしは鉄粉が磁石に引き寄せられるような吸引力を感じていた。そしてわたしは何時の間にか変な連想にとりつかれていたのである。それは他でもない、高銀先生はもしかして現代の安重根《アンジュングン》ではないかと「妄想」をたくましくしたのである。

安重根といえば、日本ではハルビン駅頭で明治の元勲、伊藤博文を射殺したテロリストの印象が強いのではないかと思う。最近ではそのイメージとともに韓国の英雄的な愛国者像もあらわれつつあるが、意外に安が、東洋平和のために東北アジア諸国の連帯を熱烈に問いつづけた人物であることは余り知られてはいないようである。現代風に言えば、安重根は、「東北アジア共同の家」の先駆的な提唱者であったのだ。しかも彼は、仏教とキリスト教の違いはあれ、高銀先生と同じように熱心な信仰家であり、そして何よりもある意味で詩人であった。

高銀先生の話を聞きながら、わたしは先生が安重根と同じように今こそ、東洋平和のために日韓の、そして東北アジア諸国の地域主義的な連帯と協力が必要であり、そのためには、ちっぽけなナショナリズムの自己満足や地政学的なリアル・ポリティークの悪循環から脱却しなければならないと語っていたように思えてならなかった。

二十世紀の百年、一度もまともな国民国家を形成したためしがない朝鮮民族が、南北統一を成し遂げ、そしてそのナショナリズムを超えて「東北アジア共同の家」に参加する必要があることを高銀先生は訴えていらっしゃったのではないかと推測している。

詩人がみつめる東北アジアの未来

安重根から高銀先生にまで連なる近・現代韓国・朝鮮史の水脈には、誤解をおそれずに言えば、福沢諭吉に代表されるような近代的なナショナリズムとリアル・ポリティークとは決定的に異なるアジア像がずっと途絶えることなく受け継がれてきたように思えてならない。もちろん、日本にはアジア主義の伝統があり、その水脈が「東亜共同体」「大東亜共栄圏」という形で自民族中心のブロック化に行き着いた「不幸な歴史」がある。

しかしこれまた誤解をおそれずに言えば、今こそ、そうした「不幸な歴史」を根底から清算して、あらためて東北アジアの地域主義的な構想を考えてみるべき時代にさしかかっているのではないだろうか。

詩人が熱っぽく語った東北アジアの未来には、この百年の筆舌に尽くしがたい朝鮮半島の歴史の悲惨から汲み尽された「知恵」が宿っているように感じられた。詩人の言葉をどこまで緻密な現実のタームに「翻訳」できるのか、歴史学や社会科学者たちの力量が試されている。詩的直観力に刺激された歴史や社会の学問が必要なことを痛感させられた稀有な出会いであった。高銀先生の魅力を、あらためて噛み締めている今日この頃である。

〈対談〉

瞬間の故郷

高銀 Ko Un
吉増剛造 Yoshimasu Gozo
（司会）編集部

編集部　本日、高銀先生が来日されたのを機会に、ぜひとも、同じ詩を詠まれる吉増剛造先生とお話をしていただきたいと思いました。その理由として、一つは世代的にも非常に近い世代であるということがあります。必然的にある同じ時間を生きておられるということです。かつ、日本と韓国という、日本海（東海）という内海をはさんだ同胞であるということもあります。それから高銀先生は僧侶の経験がおありで、吉増先生は僧侶の経験はないと思いますけれども、道を求めるということか、そういう点でも非常に似たような関心をお持ちであり、またそういう生き方をしてこられた。それからまた、高銀先生はあちこち、いろんなところから招ばれておられて、国境を越えた詩人であると思いますが、吉増先生も、日本というところから一年の半分くらいは国境を越えた活動をしておられるという点でも似ておられると思います。そういういろんな点で高銀先生の来日を機会に、ぜひとも吉増先生と実りあるお話、またこれから非常にむずかしい時代ではありますけれども、その時代を切り拓くきっかけになるような、一筋の光が見えるような、お話をしていただければありがたいということで本日の対談を企画した次第です。

南北首脳会談で朗読した詩

高　この世では、私がいなくても花は開き、散っていくということがあらためてわかりました。というのも、吉増先生は韓国に招かれ、韓国の詩人たちと会われたり講演をなさったりしたことがおありですが、その時吉増先生をお招きした団体は、私が三十年近く参加していた文学団体です。けれども、ちょうどその年に私はアメリカのハーバード大学に行っていました。まさにその時に吉増先生は韓国に来られて、私には不在の詩人でしたが、今は二人が会えたので、実在の詩人となりました。私が韓国にいた時にアメリカの女性詩人リタダヴをお招きしたことがあるし、その次にフランスの詩人ミッシェル・ドゥギーをお招きしたことがあって、その後に私はアメリカに発ちましたが、その時に吉増先生が来られたのです。その時にいなかったことが大変残念です。

　吉増先生の詩集『航海日誌』に、アイオワにいらっしゃった時にニューヨークに行かれて詩人たちと沈酔したというところがありますが、いつか韓国でも沈酔しましょう。

吉増　きょうのこうした機会に、いまも藤原さんのごあいさつを聞いていましても新鮮な感じがしましたが、高銀先生のような、私とは、途方もなく違う経験と深い詩の思想の世界をつくられた詩人に、お会いできることをとても光栄に存じます。

　昨夜（二〇〇一年四月二十日）、臨海副都心の「ブックフェア」の会場の隅に坐って「朝鮮半島と『日本』の関係を捉え返す」というシンポジウムでしたが、高銀先生が言葉から入って発言なさる

ところを聞いておりまして、ここでとても驚いていました。それは、〃僅かな開口〃のショックでした。高銀先生の世界の先端にふれた、生き生きとした、その場で起こったこと、その先端を昨夜は経験をしておりました。たとえば、もうここに尽きてしまうかもしれませんが、「バダクチ（바닥치）」という韓国の言葉から、「私」という日本の主格に、やわらかい橋を渡されましたですね。そして、次には、韓国の言葉の「머슴애（モスメ）」から日本語の「娘（むすめ）」へと渡って行くハシ（橋）でした。そこから発言を開始された高銀先生……、私もだいぶたくさんの詩人にお会いしてますが、こういう、生きた橋を創りだして、……そこを入り口に語りはじめて、そしてやがて、ご自分の世界を示される詩人、思想家に出逢ったのははじめてのことでした。

　訳された二冊のご本を拝見し、高銀先生の世界に少し入りはじめて、これからさらに読みつづけていくのだと思いますし、きょうも少しはお話ができるのだと思いますが、まず昨日の夜、いまいいました高銀先生のお姿と言葉の様子に接したあとで、今朝（二〇〇一年四月二十一日朝）あらためて、「大同江《デドンガン》のほとりで」という、金大中大統領といっしょに北に行かれた時の詩を拝見していまして、これに感動している自分自身に驚くほど、この詩を、本当にしみじみと読んでいました。それはニュース番組などで伝わってくる情報とはまったく違っていて、これは二〇〇〇年六月五日の朝にお書きになった、本当に高銀先生の魂がこもった詩でした。そういう詩を書かれた、この詩を読んでいるときの感動というのは、さきほど藤原さんが言われました、こういう時代に、本当にすぐれた、全身を懸けた詩人の魂の光が出てくるその瞬間に接したような気がしておりました。それを感じている自分にも驚き、もちろん、過してきた経験が違いますから、そういうところにはすぐには立てませんが、その共感と敬意の質、私の胸に兆した敬意の質は、とても新しい胸のなかの光でした。ですから、これを書かれたときの高銀先生の胸のなか、そのときのまわりの空気を、ぼくらには情報言語しか伝わってきませんから、そのことを、ぜひ核のようにしておたずねしてみたい、……素直な喜びと欲望がわいてきておりました。

高　詩人と詩人が会うということは不治の病にかかっている人々が会うのと同じです。それはまるで十九世紀末のフリーメイスンの烈々な党員同士が密かに会うことのように、とても同志的な感じがします。ですから私たちは会った途端に三十年以上も前から会っているような、なじみのある血が体の中を流れているような、そんな気がします。それなのに、こんなにも誉めていただいて、どうしたらいいか……。

韓国はとくに近代史以降、日本とは違って、完成されていない歴史を生きている悲しみがあります。たとえば、民族が二つに分断され、まるで敵のように生きてきたのもそのような悲しみの一つです。民族が二つに分かれていない民族でも、ポーランドに行ってその詩人たちに会ってみて、彼等が胸の中にわれわれと同じ悲しみを持っているのを感じました。ところで、私は平壌《ピョンヤン》に行った時は夜眠れませんでした。二つに分断され敵となった民族がこれから一つになるんだと思ったら、胸がいっぱいになって。で、眠れずに部屋の中にあったお酒を飲みながら起きていた時に、朝の三時くらいにその詩を酔っぱらった状態で即興で書いたのです。翌日の夜、南北共同声明に正式に二人の首脳が署名をしたため、お祭りのクライマックスのような雰囲気になりましたが、私がその詩を書いたのを知っている誰かが、韓国の金大統領と北朝鮮の金委員長に話をしたら、それを詠んでくれといわれたので詠んだのです。

吉増　前もって決まっていたわけではないのですね。

高　ないです。外交関係上、詩の朗読が式順に入っていることはなかったです。

吉増　しかもこれは高銀先生の詩としては長いですものね、わりあい。

高　長い方です。帰ってきて国内の新聞に出そうかと思っていました。

吉増　その、高銀先生の酔っぱらった状態で、……というのは、ぼくらが考えているよ

大同江《デドンガン》のほとりで

高銀

何のためここに来たか
眠れぬ夜を明かし
朝、大同江の水は
昨日であり
今日であり
また明日の青いさざなみであろう
時がこのようにやって来ている
変化の時が誰も
止め得ぬ道を通ってやって来ている
変化こそ真理だ

何のためここ　川の前に来ているか
泣くがごとく震える体ひとつで立って
向こうの東平壌・紋繍里《ムンスリ》の野原を眺める
しかるべし
分かたれた二つの民族が
一つの民族となれば
骨の髄まで一つの生となれば
私はこれ以上民族を歌うまい
これ以上民族を語るまい
そんなの全部忘れてはてしなく世の中を
放浪しよう

その時までは
その時までは
私みすぼらしい乞食になろうと何になろうと
どうしようもなく民族の記号だ
その時までは

青々しく蘇ってくる民族の確かな種であろう

この朝、平壌の大同江のほとりにいる
古の詩人　川水を別れの涙に歌ったが
今日、私は川の向こう望みながら
背にしてきた漢江《ハンガン》の日々を静かに想う
西海の沖あい　そこで
まったく異なった一つの海水となる
二つの川水の力強い出会いを想う
陽が昇る
引き裂かれた両断の地の暗夜払いのけ
新しい暁　暗闇突き抜け
夜が明ける痛みであった
やがて向こうでぱっと昇ってきた
豪奢な扇子模様の陽の光　燦然と広がっていく

何のためここに来たか
　過ぎた歳月
われわれは互いに異なった世を生きてきた
異なった理念と異なった信念だった
互いに異なった歌を歌い
分かたれて戦った
その時　憎悪の中で何百の人々が
　死ななければならなかった
その時　山河のあらゆるところ焦土だった
あらゆる都市は廃虚となり
真夜中こおろぎの鳴き声が占めていた
戦った戦線はそのまま
　血みどろの休戦線であった

銃口向け合った鉄柵は
互いに敵と敵で塀となり

垣となり
その垣の中の一日一日慣らされて行った
そうして二つが二つであることも知らなかった
半分であることも知らなかった
二つは三つに四つにさらに分かたれることも
　知らずにいなければならなかった

ああ障壁の歳月　酒は何と甘かったことか
だからこのままセメントに
　固まるわけにはいかない
このまま止まって
時代の後ろをさ迷うわけにはいかない
われわれは長い間一つだった
千年祖国
一つの言葉で話した
愛を話し悲しみを話した
　一つの心臓であり
愚かささえも一つの知恵であった
過ぎた歳月　分断半世紀は谷あい
その谷あい埋め
一つの祖国どしんどしんと歩いて来ている

何のためここに来ているか
朝、大同江の水には
昨日が流れ行き
今日が流れ行き
明日が流れ行くだろう
その間互いに異なったものは確かなはず
まず同じもの探し出す
　出会いでなければならない
大きな歴史の広場のど真ん中
小さい異なったものを慰める出会いの

真心でなければならない
何と絶たれた命の虚妄だったことか
離れ離れになった冤魂の跡だったことか

何のためここに来ているか
われわれが成しとげるべき
一つの民族とは
過ぎた日の郷愁に帰っていくものではなく
過ぎた日のあらゆる過ち
あらゆる野蛮
あらゆる恥辱を皆埋めつくして
まったく新しい民族の世を
わあっと集ってうち建てることだ
そうして統一は再統一ではないもの
新しい統一であるもの

統一は以前ではなく
以後のまばゆい創造でなければならない

何のためここに来ているか
何のためここに来て帰って行くか
民族には必ず明日がある
朝、大同江のほとりに立って
私と私の子孫代々の明日を望む
ああこの出会いこそ
この出会いのためここまで来た
われわれ現代史百年最高の顔ではないか
いま帰って行く
ひと房の花持って帰って行く

（黄善英訳）

＊二〇〇〇年六月五日南北共同宣言の発表とともに開かれた晩餐会で朗読された詩。

うな酔っぱらった状態とは違って、先生の酔いはもっともっと奥深い、いろんなたくさんの経験が入り雑《まざ》って出てくるような、そんな光というか酔いの言葉なんですね。長篇『華厳経』のはじまりがそうです。生涯の小説になって、これから読みつづけるような気がしていますが、……「河の水が酒に酔ったような仏桑華の樹の間に見え始めた」というのがこの大作の第一行目です。仏桑華、ハイビスカスですね、……が酔ったように揺れていて、その向こう（樹間）に、河の水がゆれてうごいているのが見えた、と。

これを読んだときに、いまおっしゃった、高銀先生の体と魂からわいてくる酔うということ、われわれがアルコールに酔うというのと全く違う、本当の酔う、……というのも変な言い方だけれども、本当に光のように酔うという、そういう酔い方です。ですから、いまおっしゃったように、詩篇の「大同江のほとりで」の第一行もそうです。〝何のためにここに来たか……〟という、かすれて、すすり泣くがごとき、そのときにだけ、はじめてその時に起こって来ているもの、……、本当に純粋な酔ったような状態、ランボーが「酔どれ船」を書いたより、もっと透明な感じの高銀先生の酔った状態、それがぼくらにも伝わって来る。それがとても新しい。貧しいぼくの魂にもそれが光となって映ったのだと思います。だからそのときの、会場の両首席の感じやその空気や周りのことを、とても知りたいと思いました。

高　そこはすごく大きなホールでしたが、そこにいた人々はみな立ち上がって喚声を上げたり、泣く人もいたりしました。二人の首脳は喚声を上げたりはしませんでしたが、翌朝食事の席で別れる時、金委員長が昨夜は大変感動したと、ワインを何度か乾杯したりしましたね。それから良い時に一人で来てくれと。

吉増　ああ、いい言葉だ、……。

高　ですから私は招待を受けている状態ですね。

吉増　そういう空気、……それはこの詩のなかにも感じるし、長い詩だし、……高銀先生の詩というのは、とてもその時、その瞬間にあらわれたことを書かれるから、それがつまっているし、その酔いの状態がそれ自身（体）が伝わっていく様子もこちらに伝わってくるのですね。そういう空気のオーラ、空気のかがやきだな、それなしには生きていけないような空気感が、われわれにも伝わってほしいのです。それをこんな機会に、実際に高銀さんの姿と佇いに接し、最初に申しました、「バダクチ（바닥치）」と「モスメ（머슴애）」の言葉のハシ（橋）を渡りながら、詩（「大同江のほとりで」）をこうして聞かせいただくことによって、それがまた伝わってくるというのは、……その瞬間の幸せというのは、な

にものにも代えがたいものです。本当に、頭を下げるような幸せがありました。

人間は宇宙の言語の四分の一しか使っていない

高　私は今回来て吉増先生のこの詩集を全部読むことはできませんでした。けれども、この詩集を帰ってから、私が知っている日本語で理解できるかぎり精読し、吉増先生の詩世界を韓国にも紹介する機会を作ろうと思っています。これを見ると、吉増先生の言語は現代詩人が追求する言語の一つの頂点に達しているんじゃないか、そういう印象を受けました。

この詩を通して一つ思い出すことがあります。古代インドの『リグ・ヴェーダ』賛歌「謎の歌」に、人間は宇宙の言語の四分の一しか使っていないというところがあります。そして四分の三はまだ神の領域だということですね。われわれが開かれた時代を生きているなかで、詩人の言語とは何か、ということを考えてみます。こういう時、吉増先生の詩の自由奔放な形式と多様な修辞を見て、あらためてこの問題を考えるようになりました。

ここに付け加えたいことは、詩人は自分の母国語を通しての詩人だということです。特に国をなくした経験を持っているわれわれは、言葉もなくしかけた、そういう危機に直面したことがありました。言語が存在の故郷だという、そういう抽象的な理論だけでなく、言葉一つ一つが血であり生であり墓であった、そういう記憶がわれわれにはあります。で、詩人は母国語の詩人であるとともに、もう一つあると思います。特にこのように開かれた時代においては、われわれは宇宙の方言で詩を書く人だと思います。ですから、母国語の切実性だけでなく、宇宙に属している無限の力とともに存在するのが今日の詩人じゃないかと。シェイクスピアやプーシキンやゲーテなどは自分たちの母国語を大変美しくしましたが、それ自体一つの母国語を超えて世界の叙述の美を広げて行ったのであって、今は母国語は宇宙を目指すべきだと考えられます。吉増先生の詩世界は、まさにこのような体験に近づいているような気がしました。

吉増　昨夜のシンポジウムで司会をされた姜尚中《カンサンジュン》さんの冒頭の「問題提起」だったと思いますが、「挽き臼」のイメージを使われて、生活の、朝な夕なの光が粉々にされて、文化が均質化して行くということを話されておられました、……。私は、高銀先生の詩の核心部の光、なんというのでしょうね、太古の村の柔かさ、……の光を耳に聞いていましたので、それで今日も高銀先生に、農のことと村のことをおたずねしようと思っていました。

それがいま、高銀先生の口から「宇宙方言」という驚くような深い射程と広がりを持つキイワードが、咄嗟に出て来るのを聞いて、それに出逢いまして、粒のひとつが解けたような感じがいたしました。口から村、やわらかい、本当の太古の村みたいな村が出てきますよね。それにとても惹かれながら、別に農業に惹かれてるのでもないし、何か具体的なものに惹かれているのでもない。それがいま、高銀先生のおっしゃった「宇宙方言」という言い方で、一部分、ぼくにも解けて、光が見えたような感じがしました。たとえば、〝馬《マ》井《ジョン》里《ニ》　子どもらの遊ぶ声／あれが、堯舜の時なのだ〟（「三月」『祖国の星』所収）。なぜこうした韓国の村のやわらかい風景が、ノスタルジアではなくて、胸を打つのか。それはいまおっしゃったように、表せない言語、宇宙のなかの方言によって表されているようなものがそこには秘められていることによるのだし、それが高銀先生の純粋な酔いによって現れてきているものだというふうに理解をいたしました。

　子供の遊ぶ声にしても、田んぼにしても、踊る姿にしても、とくにぼくは「ぞうきん」という詩がとても好きなんですね。質感とか意味、風土に根ざしたものだけではなくて、そういうものを、「宇宙方言」として見ると、もちろんこれは宮沢賢治にも通底するし、シェイクスピアにも通底するのでしょうけれども、そういう宇宙性を大変な苦難のご経験のなかからつかみ取ってこられて、それが着実にこちらに伝わって来る。翻訳もすばらしいものですが、翻訳なしにという言い方はおかしいけれども、つまり、私も、きっと太古から〝雑巾〟が好きで、その刹那に出逢って、驚いている。そういうふうにして伝わってくる。そういうところへ、おそらく先生は、意識的にではなくて、無意識に到達されたんだということが、いまぼくにもわかりました。それでこの「ぞうきん」や村や田んぼのことをもう少し教えてください。どんな感じでお好きなのかを。

高　ちょうど今ご指摘下さった「無意識」という言葉が私と非常に近い気がします。大変良いご指摘だと思います。私の意識というものは無意識の広野に比べるとごく一部にすぎないと、いつも思っています。だからといって、意識が無意識に比べて貧民ではないと思います。というのも、いずれは意識と無意識は一つの名前であるはずだからです。

詩のようなものは求めなくても、こうやって現れてくる

高　私はこういうことを考えています。意識の流れ、あるいは無意識というものとも関連させて少しお話をさせていただきたいのですが、二十五年くらい前から私は詩にピリオ

ドを打たないことにしています。それが驚くことにこの詩集の中にもそれが見当たらないですね。

吉増　なるほど。

高　私にとって韓国戦争（朝鮮戦争）以降、詩にピリオドを打つことは一つの救いでした。私を生かせてくれる記号としてのピリオドであったのです。すべてが廃虚になって、焦土化されて、人々は殺し合ったりして、ですから何もない状態、そんな虚無の環境の中で、ピリオドを一つ打つということが私を救ってくれました。で、ピリオドが終わるその暗い終わり、終わる絶壁、それに私は非常に魅了されていました。戦後、天涯孤独だった人が家族を作り、孤児がだんだんいなくなりました。世の中がバラックから新しい建物に変わっていく頃、一遍の詩は他の詩に繋がっていくものじゃなければならないんだと考えました。その詩で終わるのではなく、その詩は次の詩の始まりになるのです。インド旅行をしたときに大陸を横断する車両が百個くらいある大変長い列車を見たことがありますが、そのように繋がっていくもの、ああ詩の行路はあのように進んでいかなければならないんだなと、あの時考えました。詩に関する私自身の生というものも私が死んだ後に断絶するんじゃなく繋がっていって、ピリオドのない状態になることを私は夢見ます。で、私は宗教とは関係なく無限輪廻の中にある存在だと思うのです。

ここに吉増先生の「魔の一千行」という断章があります。そこでは、断章であるのにイメージが大変自由に動いています。オルペウスとか朝鮮とか武蔵野とか、そういう空間がみな何の必然的なものとは関係なく繋がっていて、一つの列車の車両になっているような気がします。私にはここにあるものがかけ離れたものではなく、みな繋がっていて一緒に行くもののように思えます。

吉増 その「魔の一千行」を書いたのは、高銀先生が二度目の自殺未遂をなさった一九七〇年ころのことで、まだ六〇年代の激しさが残っていた時代でした。それでおっしゃるように、シュールレアリズムの自動筆記というよりも、もっと決死の自動筆記で、果てしない自動筆記をしていたときでした。そのときに韓国という言葉はわりに楽に使えましたが、朝鮮という言葉を手で書くというのは、やはりそうとうな力が必要で、しかしその力が必要なときに現われてきた、「鮮やかなるかな、朝鮮、オルペウス」というような一行は、私がではなくて、私のなかの詩人が激発されてでしょうね、そうして出て来ておりました。高銀先生のおっしゃる列車の連結器というか、ピリオドのない、つながれて走っている状態でした。それに私の育ったところも武蔵野という、いまだに、そうしてずっと昔からも、半島から渡って来られる方々がまだ歩いてきていらっしゃる、そういう土地柄です。そういうこともあったのですね。そういう激発してくるような、言葉の光を見つけて、それを連発していた時期でした。それがいま、三十何年を経て、高銀先生のような詩人の目にとまるというのは、私がではなく、詩が（詩のなかのなにかが、……）とても感謝をして、頭を下げているような気がします。

高　お酒がほしいですね。

吉増　（笑）忘れないうちに……、さきほどの高銀先生の、ピリオドを打たないということと、ピリオドを打つということで思いました。先生の詩を読んでいますと、その途上が、さっきの韓国の言葉「バダクチ／私（바닥치）」や「モスメ／娘（머슴애）」の歩音《あしおと》も、もう一遍に聞いていますから、そう、あたらしいピリオドのない道が開けて来ます。『華厳経』も、これはすばらしい本でした。これからも大切にして読んでいきますし、これを導きの本にして、本当に華厳経の世界に入っていきますが、インドの方へ童子が行くところで、もったいないので今朝止めちゃったんですね。本を、ある場面で、開いたまま、しばらくそのままにしておこうという心のうごきは、昔、どこかで経験したような気のする、不思議な一齣でした。

「……夾竹桃のある枝が言った。

〝幼いお客！　そこを行くお客。そなたの病気をここに掛けて行きなさい。……もう掛けておいてもいいのよ〟

……枯れた樹の枝が一本、独りで揺れていた。……そして彼の癩病をその枝にどさっと掛けた。

〝遠慮もせずに掛けてしまうの？　かなり苦しかったみたいね〟

……苦しみがいつの間にか彼の体から去って行ったのに気づいた。」

夾竹桃の枝の声が、心なし『머合애（モスメ）』の声に聞こえて、〝ここ、……〟に、しばらく立ちどまっていたのですね。

こんなすばらしい道行を、ここには高銀先生の人生の大切な一歩も、お国の方々の大変な苦しみも全部背負っていて、それが旅して行って、こういう風景が出てくるんでしょうし、メモか手帖をおとして行かれた人の手も足どりも伝わってくる、……。これが伝わってくるということにぼくは自分自身で驚いていて、そういうピリオドのなさというのかなあ、形のようなもの、詩のようなものは求めなくても、こうやって現れてくるという、そういうことに感動しておりました。

それからピリオドということで印象的な詩を思いだします。「陽射し」という詩がありますね。高銀先生が陸軍の監房の中に入れられていたときに、小さい光が射してくるんですね。その光がいろんなところにあたっていって、そしてその光が消えて、その光が消えたことによって、詩はいったん終わるのに、一行の空白があって、そして次に「生きているということは／帆かけ船の一隻もない海でもある」という一行が立って来る。そういうピリオドの次のピリオド、光の見方の経験のなかから、いまおっしゃったような、ピリオドの話、ピリオドを打たないということが出てくる。それが詩を通して、お話しを通して、こうやって伝わってくるということは、そろそろわれわれも〝ピリオドの森〟や〝宇宙方言の文法〟にふれはじめた証拠か、……というふうに感じていました。

高　この詩集を読んで、吉増先生と私と、私たち二人には旅の血が非常に濃い気がしました。どこかで吉増先生が旅は休みではないと言及しているのを見ましたが、私は孔子より老子がもっと好きです。けれども、老子のとても嫌いな所が一つあります。それが何かというと、彼が人間の移動を否定したことです。彼が設定したユートピアは人間がどこかに行かずに、一個所だけで生きて死ぬことになっています。けれども私はそのように生きるとしても、人間は時間の中を旅するものだと思います。

そして、われわれには定着して生きる人間として故郷に関する記憶というものがあります。われわれは故郷だけでは生きられなくてみな故郷を離れます。だからこそ人間にとって故郷は自分の時間の記憶の中にだけ存在するものです。年をとって故郷に帰ってみると幻滅する場合が多いものです。

今日、時代が未来へ向かって先端化しているけれども、われわれは過去の中に時間の旅をします。エジプトの廃虚やギリシャの廃虚なしには日常的に生きることができなくなっています。現代、人間には自分の家という定着地と、また絶えずどこかへ行かなければならない遊牧民としての血が流れていると思います。私は宇宙の運行、時間の流れ、季節の移り変わり、こういうのがみな旅だと思います。

私が幼かった時と今老いている状態、これも旅でこういうふうになったのです。小さかった頃、私は汽車と舟をよく描きました。鳥もよく描きました。父におまえはどうして家は描かないで、そんなにどこかに行くものしか描かないんだと言われましたけど、父に言われた通りに家を描いていると、いつのまにかまた舟を描いたり汽車を描いたりしていました。子供の時じゃなくてもわれわれはつねに汽車に乗って、舟に乗って、鳥をまねた飛行機に乗らなければならない運命にいます。いずれあの宇宙の中へ一緒に行きましょう。

瞬間の故郷

吉増　昨夜の充実したシンポジウムとはまた一味違う、とても深い詩的・思想的な深みにつながるお話を拝聴できましたが、せっかくですから、昨日のご発言のなかにありました、済州島にふれられての、古代人は海を生活の広場にしていた、そして海というのは畑を意味しているというご発言がありましたですね、そこに近付いてみようと思います。これは網野善彦さんの「海は人と人を結びつける」という、網野史学の考え方にかかわっての高銀先生のご発言でしたが、そこに近寄っていきたいと思います。

私も済州島に行きまして、漢拏山《ハルラサン》を見てびっくりしたことがありました。そしてあるところで、漁師さんが海上の気象を占うのに、じっと海上を見て、サイコロを投げている、そういうシーンを見て、それにも驚いて、こんな生活ヴィジョンを、漁師さんたちは持っているのかということを済州島で確認して、それが詩的なヴィジョンの発想点になったことがありました。ですから、いま高銀先生のお話を聞きながら、われわれ現代人のなかでも故郷は動いていますけれども、瞬間の故郷、宇宙方言みたいな瞬間の故郷というか、瞬間の光の故郷というのか、そういうものも、少しづつ芽生えつつあるような気がしています。それを詩にして、木浦《モッポ》まで歩いて行きたい、……、あるいは済州島の海女さんを見て、いろんなことを考えたりして、新しい故郷を、その瞬間の故郷みたいなところから紡ぎだしたことがありました。これは高銀先生が、四年間ですか、大事な時期に済州島にいらっしゃったということを拝見して、そして私自身の、そういう瞬間の故郷のつくり方をお話ししてみたいと思って、そういうことから話題を移しました。海の畑のことを、もう少し教えてください。

高　済州島で三年住んだことがあります。

吉増　三十歳からですね。

高　そこに行ったのは住むためでなく、済州島の海に身を投げようと思って行ったのですが、それがうまく行かなかったんですね。最後に飲んだ酒が多すぎて酔いつぶれてしまったのです。済州島では一日中崖に座って波を眺めたり、中学校を立てて子供たちを教えたこともありました。

その時海女たちに会う機会がありました。彼女らは水というものを陸地と差別しないですね。海をこの世だと思っています。で、ある程度行くと、例えば水平線の向こうはあの世だとそこの人々は考えています。自分の夫が舟で出かけて帰ってこなかったら帰ってこないところがまさにあの世だと、そういうふうに考えます。で、海はこの世の家であり、畑であり、それからあの世の墓でもあるのです。

古代、中世、近世になると、官吏が済州島の人々が他のところに行けないように、長い間出ることを禁じたことがあります。いわゆる政治的に海は禁止区域だったのです。けれども、済州島の人々はそれが耐えられなくてこっそりみな出て行きます。彼等が倭寇の勢力の一つでもありました。ですから政治的に海は禁止区域でもありました。けれども、島の一部の勇気ある者は海にこっそりと入っていきました。済州島の人々はもともと北方大陸である高句麗の一部の勢力が亡命してきた人々でしたが、済州島の始祖である高乙那《コウルナ》の乙那《ウルナ》は北方の古語で尊者を意味します。彼等は陸地から海へと生きる場を移したのです。ですから、日本の西部と沖縄一帯とはつねに日常的に繋がっていました。

一つおもしろい話をしたいのですが、済州島は韓半島の本土から島流しに行かせる所でしたが、そこには非常に不幸なソンビ〔学識のある人〕や官吏たちが多く住んでいました。

で、その中の一人が詩を書いて筒に入れ密封し、ある日海に投げました。何ヶ月か経って、それは九州の西部の漁師に捕まりました。漁師がそれを出してみたら紙が入っているではないですか、漁師は字がわからなかったので、帰って村の身分の上の人に見せました。その人が見たら詩ではないですか、良い詩だったんでその詩に対する応答詩を書きました。書いて、再びその筒に密封して、漁師にそれを拾ったところに置いておいてくれと言いました。それが潮流に流されたりして、めぐりにめぐって、ある時に済州島に行き着きました。その時には最初に詩を書いた人は亡くなっていてそれを見ることはできなかったのですが、他の人がそれを読むことができました。というのが済州島一帯に伝わるお話です。

吉増　ホーっ。高銀先生の新作書き下ろし小説を耳でいま読んだ気がします、……。何か、とても、幸せです。うかがいながら、思いだしたのですが、こういうことを、思い出すことのできるということは、……きっと、高銀先生の懐の奥深い空気のなかで考えてたんですね。ぼくも済州島へ行きました。大変なむずかしい問題もあるし、そういうことに目を伏せて、聞かない、見ないふりをしていて、ホテルの前の海辺で佇んで、じっと、変なことをやっていました。そのことを思い出していたんです。

その時に、海辺で何かやっていたら、歩音が聞こえてきたのですね。なんかわからないな、でもきっと海女さんがウエットスーツを着て歩いているな、その足音だな、……とわかって、しばらくじっとうつむいて、見ないように、盲目状態にしていたら、ひたひたひたひたと海女さんが歩いていくのね。それでウエットスーツを着た海女さんだとわかって、それでもじっと、見ないように、その瞬間を楽しむようにしていた時に、いま高銀先生が見事な作品をつくってくださったような、その瞬間のヴィジョンをつかみました。それで詩に書きました、「海女さんの歩音」。

そんなふうにして、われわれはいま詩作を通じて、そういうことが少しずつできるようになってきたんです。現代のような、こういう情報の大氾濫と大圧力のなかで、選び取らなければいけないことの一つというのは、おそらくそうやって、たまにはその瞬間の故郷を求めて、目を伏せてみたり、耳を閉じてみたりすること。そして高銀先生のおっしゃったように、独自の歩き方で旅をして、そういう生き方をして、光を求めていかなければいけないんだ、そういうことを、いま高銀先生が見事に新しい作品を声でお伝えくださった。そういう世界をつくりだすことができるところへたどり着く、そういうことを、まさかこういう話まで突っ込んでいけるとは思わなかったのに、自分の詩集まで引っぱり出してきましたが、それがあたって、それにしても見えない歩音って変な話だけれども、歩音が聞こえてくるような気がして、とても不思議な感動を覚えております。

その時に、いろんな幻覚がわいてきておりました。ぼくは子供の時に、戦争の時が子供状態だから、先生ほどの重大な記憶ではないのですけど、阿佐ヶ谷というところで、魚屋さんの店先を幼い自分が歩いていた時の幻影が、ふうっとその歩音につられて出てきて、ちょっとプルーストみたいになって、古いのでしょうが、あたらしい海の道を歩くことが出来ました。あれは、済州島の漁師さんの暗示によるものでした。でも問題は、昨夜の「バダクチ／私（바닥치）」や「モスメ／娘（머슴애）」に架けられたあたらしい高銀先生の発語の橋から歩きはじめて、高銀先生の宇宙方言を聞きながら、韓国の言葉というよりも宇宙方言を聞きながら、こうしたたったいま開いた世界に入っていくことができて、少しその場面と道筋とを説明することがこうしてできる。そういうところに至って、先生とこうやってお会いできて、お話しできるということに、過去では考えられなかった、あるときめきを感じております。

高　帰ると新しい詩集が出るんですが、その詩集の名前は「瞬間の花」なんです（笑）。

「東北アジア共同の家」と海の広場

高　一つの意見を出したいですが、私たちが話したいことはたくさんありますし、で、お互いに話したいことをファックスで藤原書店の方に送って、それをここで編集して、対話するような形にして、もう少しお話をしたらどうかと……。

――往復書簡ですね。大賛成です。

高　話をしていて時間がないので大変残念なんですが、ですからこれをもう少し延ばす方法はそれしかないんじゃないかと思いまして。

吉増　そうですね。そういう場を藤原さんにつくっていただけるのならば、それは一期一会なんて古い言葉だから、これからはもっともっと複雑なやわらかい言葉を発明しなければいけないな、……。昨夜、姜尚中さんがとても鋭い発想をちりばめられたんですが、そのなかに司馬遼太郎さんの言葉をひいて、異胎とか鬼胎というういい方をされていました。私は、そのイメージの喚起力を借りているだけですが、詩人というのは、……、高銀先生の場合には民族を代表する詩人でいらっしゃいますが、日本では、詩人というのはタブー、いてはいけない異胎とか鬼胎みたいなものです。でも、それでいいのです。それがささやかに、傷だらけでも、生き延びなければいけないらしいということを、姜尚中さんの発言をききながら、昨夜は、違うところで考えていました。藤原さんにこうした場を出していただくことによって、ほんとうに萎えて死にかけたものさえ、もう一回蘇ってくるかもしれません。それはぜひお願いしたいと思います。

もうひとつ、昨夜のお話のなかで、高銀先生が東アジア漢字文化圏をとても大事にしていらっしゃるという感想を持ちました。これを最後にうかがって、私もこれから考えていく課題にしていきたいと思います。「東北アジアのいっしょの家」というような表現を高銀先生はなさっていましたでしょうか、それは漢字文化圏というのと重なるのか、あるいはいまおっしゃった、海の人と人の問題、あるいはもっと大陸と絡みあった問題とつながるんでしょうか。そのことをもう少しうかがっておいて、今日の終わりのお話にしたいと思いますが、いかがでしょうか。

高　藤原書店はブローデルを集中的に紹介しましたね。それがフランス文化勲章を受けることにも寄与していると思いますが。私は藤原書店が非常に重要な仕事をしたと思っています。ある意味では、これから日本が生きていく道はブローデルの「地中海史観」という鏡を通して、照らし出されると思います。韓国も同じ。ひいては中国も同じだと思います。中国もやはりあまりにも陸地中心の歴史を生きてきて、韓国も近世時代がやはりそうだったし、日本も実は海に囲まれてはいますが、いつも海を閉ざされた扉として考えたり、あるいはどこかに行って何かを持ってくる場所とだけ考えてきた歴史が重ねられてきたと思います。こういうふうに陸地中心で自分の城の中で篭城体制で生きてきたがために、古代に共同体をなしていた海の現場を記憶からなくしてしまいました。今、韓半島だけを見ても、南韓は開かれた海があるけれど、北韓は海が閉ざされている状態だと思います。

これからこの東北アジアの人々は自分の生の中心を海の広場に置くべきだと、海で眠って海で生活をしなければならないと思います。われわれが西欧の中世社会から学べるところが一つあります。そこには必ず広場があり、その広場にみな集ります。けれども、われわれはそういうみなが集ってこられる普遍的な空間や広場などをすべて廃棄してしまいました。シルクロードに行った時見た骸骨から感じたのは、彼らが死を覚悟で東と西をつなげてくれたということでした。大変な交流があったところが今は寂寞たる砂漠になってしまったのです。

で、昨日も少しお話ししましたが、文化はジプシーあるいはコレラ菌のようなものです。そして潮流です。そういう交流と出会いの空間を、われわれの過去にあった美しい海の共同体を取り戻すことが、東北アジアの生存方式の基本だと思います。また、これは現実的にはグローバル化、市場経済の独占を調節してくれる役割を果たしてくれることでしょう。こういう共同体を作っている時には、ある大きい帝国主義勢力やアメリカなどが、勝手にこの空間に入ってきて物事を左右したりすることはできなくなると思います。われわれが個人に帰る時、われわれは弱者になります。

吉増　いまおっしゃられた〝海が閉ざされた状態にある〟北韓が一瞬にして映しだす光景が、はっとするほどの、はじめての心の経験です。そして〝シルクロードの骸骨〟に、海の香りさえする、……道への意志を感じとられる。おそらく、しばらくは、忘れられない喚起力を持つ、高銀先生の胸のうちです。それにしてもじつに、見事な海と広場のヴィジョンを示していただいて、高銀先生のいわれた海の広場について、一言だけつけ加えて終わりにしたいと思います。高銀先生との出会いと同じように、藤原さんに出会わせていただいた、アラン・コルバンさんという感性の歴史家とお会いする機会がありました。それ以来、ぼくも高銀先生のおっしゃるジプシーあるいは一個のコレラ菌になって、コルバン氏の名著だと思いますが、『浜辺の誕生』という見事な本があります、その書物を持ち運ぶようになりました。その「浜辺」というのは「*limes* リメス」というラテン語から来ていて、狭い間道、縁、境界、航跡、痕跡、……を従来意味するのだそうです。(わたくしも米軍基地のそば(……牛浜)で育ちましたから、いつも目に入れていました「off limit(立入禁止)」の標示のたつ光景と鉄条網も、アラン・コルバン氏のいう「浜辺−前浜」と一緒に運んで歩いて行くようになったのだと思います。)リミット、ある境界線です。浜辺そのもの。それを私もジプシーのようにして持って歩いて、奄美大島や沖縄へ行ったりして、コレラ菌の行商をやっておりました。ですからそういう一種の直観と、それから止むに止まれない心でそういうことをやっていたのが、……でも、それが出来るということを、〟閉ざされた、……海〟という高銀先生の胸の光が、さらにこれからの複雑な迷路を、光の迷路と異界をつくってそこで考えるということを始めなければなりません、……。高銀先生の東アジアの海の道というヴィジョンを示していただけて、納得もしますし、現実にそういうところに細かく丹念に触れて行くことこそが、ローラーのような資本主義、あるいはそういう大きな力を破っていくものだということを今日は身にしみて感じました。こんな希有な機会を本当にありがとうございました。

編集部　今日の場を持たせていただいたことは、私にとっても非常に光栄なことです。はじめに、実りのある対談を、ということもお話ししましたけれども、本当にすばらしい、国境を越えたお二人のお話を伺うことができたように思います。国境を越えるということは、ある意味で非常にむずかしいことです。これまで海外のいろいろな思想家に語っていただいた経験もありますが、今日ほど何か非常に胸にじんとくる、暖まる、そこから何か開けていくような、そういう思いをした対談はなかったと思います。こちらこそ感謝したいと思います。どうもありがとうございました。

（黄善英訳）

（二〇〇一年四月二十一日／於・アルカディア市ヶ谷）

〈往復書簡1〉

届けられた音声《おんじょう》をめぐって

吉増剛造

Yoshimasu Gozo

（撮影・濱田康作氏）

高銀先生、——。

お久し振りです。去年（二〇〇一年）の六月の終りに、イタリア、ヴェローナの町角で再びお会いし、お別れしてから、ほぼ一年と二ヵ月がたちましたが、「高銀先生との会話のみえない糸」が、不思議な総（ふさ）か、艫綱（ともづな）に似て、わたくしたちの心にかかっていて、少しも隔たりが感じられませんのは、おそらく、

머슴애（モスメ）から娘（むすめ）へ

眼を閉じると、いまもその「足音」が甦って来ます、いまだかって存在したことのない「未聞の橋」を、渡って行く「はじめての歩行」が、すでにわたくしのなかのあたらしい「城」に似た、「世界」への「通路」というよりも、「みえない糸」で「あたらしい渡し」を、すでに高銀さん、——あなたによって、架け終えられているからなのです。「わたくし」はもうその「あたらしいみえない（中間の、……）橋」を、渡りはじめていて、久し振りの「会話のこころみ」ですのに、「心の糸」に、少しも、切れたところがありません。

머슴애（モスメ）から娘（むすめ）へ

この、奥の深い、幻のヴィジョンの橋が架けられたのは、去年の四月、東京ビッグサイトのシンポジウム（朝鮮半島と「日本」の関係を捉え返す――網野善彦著『「日本」とは何か』をめぐって）でのことでした。シンポジウムの客席の片隅にいて、司会の姜尚中さん、高銀先生、渡辺京二氏、赤坂憲雄氏という発言順だったと記憶いたしますが、高銀先生、――あなたが口を開かれたとき、わたくしの受けました「柔かい衝撃」は、文字通り、名状しがたい種類のものでした。思い切って「柔かい衝撃の袋（ふくろ）」という喩を差し出しておきますが、そう書きつけると、なおも、今度は、「喩」の方が、「波の柔かい海のこころの袋の数々が、……」と綴っておくようにと、わたくしの「こころの手」に指示をするような、そんな「喩」の「伸び」の小声が、聞こえてきます。高銀先生、――あなたが口を開かれたときに、「貧しいわたくしの心」にも、「透視力の雪崩現象」のようなものが起きていたのではなかったのかと、考えられます。いま、不図、書きつけた言葉「雪崩（なだれ）」は、あるいは、「大雪崩（おおなだれ）」は、詩人思想家高銀氏の大切な心のはたらきの部分をいいあてているものなのかも知れません。なにか不思議な、名状しがたい「物音」を、高銀先生、――わたくしは、あなたが口を開かれたそのときに、聞きとっていました。いい当てられずに「なにか不思議な、名状しがたい物音」と書き記してみて、あるいはこの「物音」が、わたくしたちの心に働きかけようとしているものの「正体」なのではないかと思われてきていました。「歴史のおもさ」その「物音」なのかも知れません。あるいは、過去から現在に生を享けた命のそれぞれの記憶のかけがえのない「おもさ」が言葉に移ってこない状態のままに、「わたくし」の傍（かたわら）にも「枯れた樹の枝が一本、独りで揺れていて、……」その「空気のおもさ」の風を、ある奇跡的な仕方で、「わたくし」は受容していたのかも知れません。この「枯れた樹」はもう「わたくし」のなかに移住しおえているかのようです。高銀先生の長篇小説『華厳経』（三枝壽勝氏訳、御茶の水書房）の忘れられない一場面です。こうした、出来事（心に生起し、それが受けつがれて行く「場面」……）は、……「海が閉ざされた状態」もまた、……そうか、言葉をかえて、「忘れられていた場面の化現」ということもいえるのではないのでしょうかと、僧侶でもあられた高銀先生に、何でしょう、少し語りかけの呼吸を自由にして、「化現（けげん）」という言葉を楽しんでつかっておりました。こんな些細な思い付きからも、おそらく、無量の（これも仏教用語です）かけがえのない未踏の道が、開けて来るのではないのでしょうか。高銀先生、――あなたにとっては、態（わざ）とでも演ずるでもない、身に付いた仕草と音声（おんじょう）だったのでしょうが、東京ビッグサイトであの夜あなたが「口を開いたとき」、何か「花」が開く「物音」がして、「わたくし」のこころもそのときにその「物音」を、〃ほう、久し振りだ、……〃という、「稀（めず）らしい他声」によって聞いていたのです。これでほぼ、そして「わたくし」はわたくしで、「驚き」の「物音の場面（シーン）」を一年以上、この「シーン」を心底にあたためるようにして、こうしてようやく書くことが出来たのだと思います。思いもかけずにキーワードとなったらしい「おもさの無量のふかさ」に、そして、思いもかけない「閉ざされた海」の「無量のおもさ」、そして「ふかさ」に低頭し、そして、見事な仕草でのお教えに深い感謝をいたします。

名鐘の深い余韻を、耳の奥の道の旅人に聞かせますようにして、「わたくし」はわたくしで、わたくしのした「驚き」をこうして記述できましたことのある喜びのなかで、まさかこんなことを先生におたずねするとは想像もしませんでしたが、先生、韓国の宗教界はいまどんな状態なのでしょうか。日常のお葬式や儀礼にも変化があらわれて来ているのでしょうか？　過日の韓日共催のサッカー・ワールドカップでの「歓喜」いや「喜勝」というやや見慣れない言葉を用いて、あの喜びの底にあったものの、……そう、これも遠く、厳しい道々を辿って来ていた「物音」でした、あの「喜びの底」をいい当てようとしたほうがよいのかも知れませんですね、……。それを耳目に深く、刺青（いれずみ）するようにして、わたくしも心に残していますが、深い海の出口の北朝鮮をふくめた、半島の宗教的な空気はどうなのだろうと、霞（かすみ）のようなことを考えていましたことにはお詫びを。しかしこれは、高銀先生に、お答を乞うているというよりも、「枯れた樹の枝が一本、独りで揺れていた」「……そして彼の癩病をその枝にどさっと掛けた」大著『華厳経』のこの印象的な場面（シーン）の「物音」から離れられずに、そこに足をとめている「人影」に向けて、高銀先生の『華厳経』を、さらに読みすすめて行きなさいと呼びかけている声だったのかも知れません。あるいは、優れた韓国映画の僧侶が歩む姿を、咄嗟に思い浮かべていたのかも知れません。「書きつつ読む」という、あるいは「読みつつ書く」という、そんな「途上の旅の豊かさ」をわたくしたちは回復、……というよりも「掘り返す」ということを、その不断の「仕草」をさえ、「掘り返す」ようにしなければならない、そういう「時代」にわたくしたちは遭遇しているのかも知れません。思い立って、『華厳経』の読み挿（止）しのページを開いて、再（また）驚いていていました。（邦訳一五〇頁）

域外の西の方の海辺の堤の松林に行けば、この国以前の国で作った歌と、この国が建てられた千年前の歌が埋まっている。……その歌を掘り返して見なきゃならんよ……（傍点、引用者）

「歌を掘り返して見なきゃならんよ」、開巻、ただちに、この「声」と「物音」がわたくしの耳目を襲い、この「場面（シーン）」に、この「場面（シーン）」が立ち上がらせる「物音」に接し、どれほど「ここ」が侵蝕され、忘れ去られるようになってしまったか、それに気付いて、茫然としていました。「閉ざされている海」もまた。誰が、この「物音」の「ここ」を、埋（うず）めてしまったのでしょう。「情報」や「科学文明」よりも、もっともっと古くから、埋（うず）めては均（なら）す、埋（うず）めては平（なら）す、力の行使は、絶えることなくつづいて来たのだと思います。わたくしは決して政治的な人間ではありませんでしたし、政治的な活動や論述からも、極力遠ざかるようにして来ました「文弱の徒」でした。こんないい方をすることによって、「文弱の徒」という規定をする力に、加担してしまっていることも否定することは出来ません。しかし、高銀先生、——あなたの身体の内側と外側の間（あわい）にうごいている小さな動詞たちの力（〝掘りだす〟〝埋ずめる〟）と、発語の総（ふさ）か綱（つな）のように揺れる、……「深く（命綱のように）酔うことの出来る力」によって、「国語」をはるかにこえて、「埋（ず）めては、平（なら）す力」とは別種の、そう「宇宙言語」（「宇宙方言」が、高銀先生の用語）に接したように思われ、小さな、役に立たない、別種の力が、立ち戻って来ることを実感いたします。何かまったく違った穴が開（あ）くような、……。

さ、もういちど、東京ビッグサイトでの一年四ヵ月前の高銀先生の「発語（のあたらしい開口）」の場面（シーン）に戻ってみます。

머슴애（モスメ）から娘（むすめ）へ

これは「わたくし」が、この「ありうべからざる空気」を呼吸して、詩の一行のように（そして、NHKラジオ第二放送の『詩をポケットに』という番組の教本（テキスト・ブック）の高銀先生の回の標題にまで）少し鍛えて、「あたらしい細道」にしていました、そんな「一行」に、もう、その佇いを変えているのだろうと思います。「立ち姿」もまた、もともと高銀先生の想像裡にあったものから、微妙にでしょうが、その姿を変えて来ているのではないでしょうか。済州島の海女（あま）さんたちの「泳ぎ方」と「立ち姿」が、それぞれに、……海底での立ち方のようなものがでしょうか、それがまったく、それぞれにちがうようにでしょうね、こうして、……そうでした、この「手紙」の冒頭で、〃眼をとじると、いまもその「足音」が甦えって来る、いまだかって存在したことのない「未聞の橋」をわたって行く「はじめての歩行」、……〃と綴りましたが、いままた、不図、脳裏を、その閃光がかすめます。この「足音」は、高銀先生と『環』七号の誌上で楽しくお話ししたこともありました、この「足音」は、済州島の海女（あま）さんの「足音」でもあったのかも知れません。この「足音」は、〃海底の足音〃、あるいは〃閉ざされた海の足音〃でもあったのであって、それを戦慄を伴ってほとんど盲目の状態で、「わたくし」も、聞いていたのだと思います。高銀先生に倣（なら）って、わたくしも「小説」を書きはじめているのでしょうか？「小説」という〃器〃を、柔らかくそして奇跡的に凌駕して行っている、……高銀先生の「瞑想の質」を、大作『華厳経』にみてとって、わたくしはものをいいはじめているのかも知れません。先生が、軍事刑務所の独房でだったのでしょうか、つづけられていたでしょう、瞑想と思考の錬磨には、及ぶべくもありませんが、著作や発言を通じて、〃考えつくされていない境域が無尽蔵にあるのだ、……〃このほっと漏れたひとり言が、高銀先生との「出逢い」を物語っているのだと思われます。

さ、紙幅が尽きようとしています。

急いで、これが、高銀先生への最初のおたよりの要（かなめ）の石、キイストーンの「おもさ」、もっとも「語りがたいものの手ざわりの」、しかしそれを「語るように促す、……」あること、それに触れまして、「第一信」を終えようと思います。先生に「ラジオ放送」のためにと、優れた訳者の黄善英さんを通じて、「先生の声」を、わたくしたちの「テキスト」のために態々送っていただいておりました。東京、青山にありますNHK文化センターの一室で、十三、四人程の受講者の方々にこう申し上げながら、心を少しひき締めるようにして、高銀先生の詩の世界のご紹介に入って行きました。〃高銀さんの口から漏れ、わたくしたちの耳にはこぼれてきます言葉（高銀氏のこの場合には韓国語ですが、……）とは別の、その言葉に連れ添っているような「言葉の吐息――幽かなためいき」、それを聞きとる「注意深い別の耳」を持つこと、……いまこうしてお話しをしはじめていますわたくしも、そこに近付くことが出来ますかどうか、それを可能なかぎり、この機会に問うてみたいと思います、……〃と、この「緊張の空気の質」も、きっとあたらしいものであったのだろうと思います、「もっとも語りがたいもの」の到来を促がすように、心に下地をつくりつつ、お話しをしはじめておりました。英文をベースにしました先生の履歴を、こまかくご紹介し、次に歴史的な南北和解の首脳会談の折の、会議が終っての晩餐会のとき先生が読まれた「大同江《デドンガン》のほとりで」を、わたくしが代りに、訳詩を読みましたが、「大同江《デドンガン》」の響きを口にしている「わたくし」が、まったく「あたらしいわたくし」だとも呟きつつ、こうして、「高銀ワールド」に入って行きました、……。またも不図、「高銀ワールド」などと、少し心を軽くして、みえないところで楽しんでいたせいでしょう、「もっとも語りがたいもの」の幽かな形象が少しみえだす気がいたします。

두고 온 시（置いてきた詩、……）고은（高銀《コ・ウン》、……）

高銀先生の開口のこの発声を、教室でみなさんと一緒に聞きましたとき、形状のみわけがたい、名状しがたい「第三の声」が確かに聞かれました。乏しい才能の全力をふりしぼって、わたくしもこれをいいあてようとしてみますが、それはちょうど、……

　こなごなにくだかれた大甕が、そのこなごなにくだかれた姿のままに宙に吊られている、「詩人」の咽喉元に、……

というような「喩」で「わたくしの力」は精一杯です。そこにさらに「おもい」、「不揃い」の「物音」が聞かれて居りました。〃聞かれて居りました……〃とは、まるで幻想が、ならい覚えていない「敬語」を使っているのに似た、たどたどしく、……しかし、そのようにしてしかいいあらわすことの出来ない「何物」かだとわたくしには思われておりました。高銀先生の深い深い声を、初めて聞くようにして聞きながら、……。

두고 온 시（置いてきた詩、……）고은（高銀《コ・ウン》、……）

「テキスト・ブック」を読んでいました眼も、不意の高銀先生の「詩のはかりしれぬ深い坑道」に接して驚いていたのでしょう、こんなふうに、これも何処に向っての発語しているのか判りません、「発言」をしはじめておりました。〃……こんなふうなお声がとどけられるとは思いませんでした。もっと、鮮明で、人の耳にとどきやすい、そういうものがとどけられると思っておりました。そうしましたら、ちょっと言葉にならないような、もっと深く、籠った、本当に、……心のなんでしょうね、一番底の方で、洗濯物がバタバタバタッと、籠ってはためいているような、そういう「内世界」が、「内海」がとどけられましたです。こんなことが起るとは思っておりませんでした。ですから、これからはこうした試みのときには、多少大変でも、こういうお願いをしてみるし、このとき、おそらく、たった独りで高銀先生、ご自分のお部屋で、お読みになったんですね、たった独りの朗読会をなさったのでしょう。こういうものがとどけられました、……。このときに、わたくしたちが聞いていましたのは、この間の「ワールド・カップ」のときの韓国、日本、アジアの言葉からは、もう、はるかはるか漏れて深くなって行くような、……違う、……宇宙方言でした。それがとどけられたのです。〃

ありがとうございました、高銀先生。

二〇〇二年八月三十日、東京西郊八王子の寓居にて。

吉増剛造拝

〈往復書簡2〉

詩人が背負うもの

高《Ko》銀《Un》

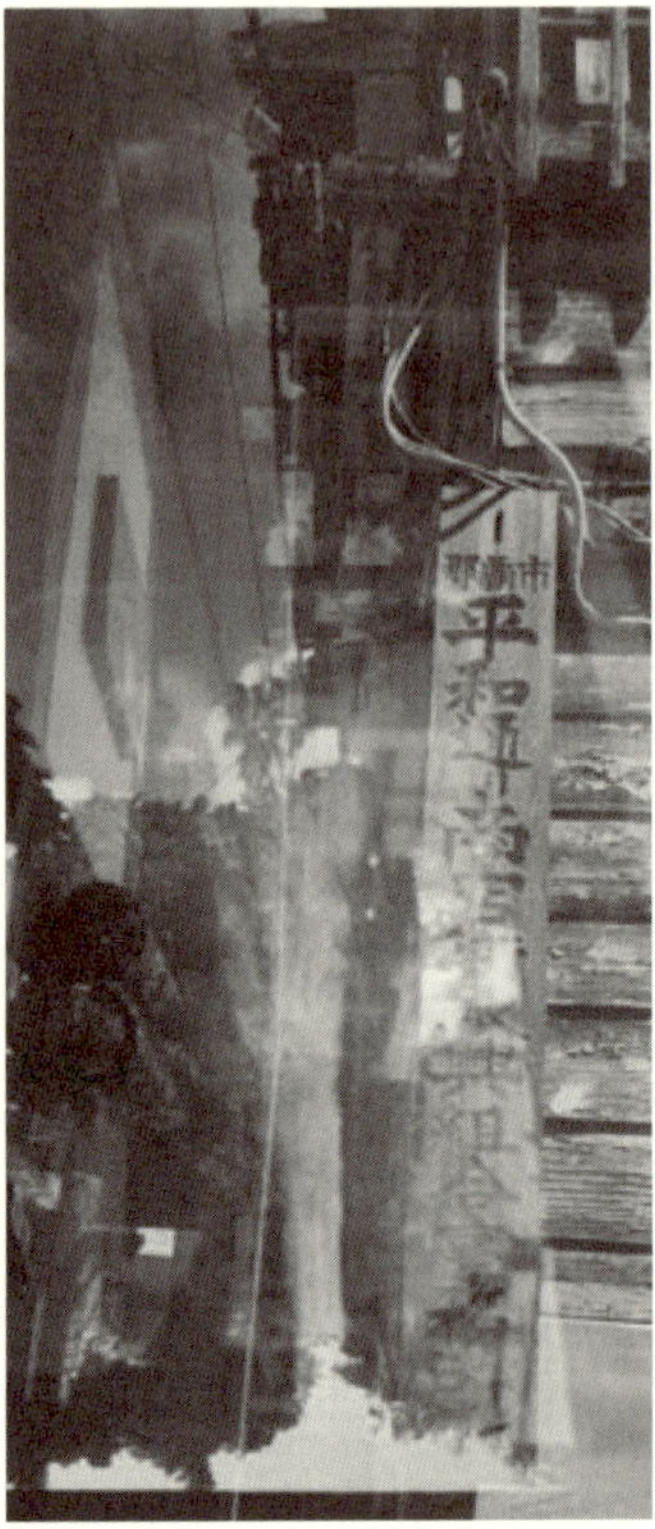
那覇市
平和

吉増先生。

植民地時代に子供が習っていた昔の拙い日本語であなたの手紙を読みました。あなたの手紙は散文というより散文詩です。

手紙の中には、またあなたの植物のような友情が沸いており、あなたが違う国の一人の詩人ではなく、まるで親戚や外戚のように思われたりもしました。もしかしたら現生以前のどこかでそんな仲だったのかもしれません。

ヴェローナの角で会ったことを思い出させてくれましたが、それは旅人と旅人の裾が擦れるような、そのような偶然ではありませんでした。詩人に偶然ほど必然的なこともありませんが、今時代は偶然を段々と減らしています。しまいには偶然ひとつもない地獄が近いうちにわれわれの現実になるかもしれません。

私たちのヴェローナでの出会いも私たちだけの偶然ではなく、ユネスコが企画した「世界詩アカデミー」創立会のために、あなたは日本の詩人として私は韓国の詩人としてよばれて行ったのです。

ひとりの詩人ともうひとりの詩人との出会いは、たとえそれが行事や事務のためであるとしても、そこには詩人が享受している「邂逅としての詩」が存在しなければなりません。

幸いにも、その観光客の多い古い都市で私たちは観光客ではありませんでした。経済事情が少しよくなっているアジアのいくつかの国々からきて、群になって歩き回るヨーロッパ観光の行列を通して、西欧中心のオリエンタリズムが逆説的に反映されているような気がした時、戸惑ったことさえありました。

ヴェローナのオープンカフェであなたと奥さんが座っている、その静かな姿がまだ私の脳裏に残っています。まるで自分自身を消してしまうような、そんな無心であなたは他人たちの広場の片隅に入っていました。

私は世界のいろいろなところで開催されている詩の国際行事について考える時があります。もう詩人たちは自分の母国語の場所にいるだけではなく、母国語の外の世界へ出て行くことにより、詩的内面の形式に影響を与えられるくらいの見慣れない現実に出会わなければなりません。体験の拡大が必要であるためです。

体験のない想像や想像の排除された体験の平面は、両方とも詩の停滞であるはずです。ゆえに、詩人の旅には体験と想像が常に同行しなければなりません。詩人には時には旅が生活の必需品だと思います。

この前のヴェローナでの会議はわれわれには漂々たるものがなかったわけではありませ

んが、実際それは秘蔵の動機から開かれたものでした。今、地球上には六五七〇種あまりの言語が残っています。つい一世紀前でもはるかに多くの言語が各民族の文化領域に生きていました。いや、西欧帝国主義の膨張がなかったならば、地球上には数万の言語群が今でも彼らの生と文化遺産を担っていたことでしょう。

ところが、現存している言語も二十一世紀の終わりころには半分ないし九十パーセントが消滅するという未来学者の予測があります。これは力をもった言語が他の言語を蚕食したり、より効用価値のある言語がそうでもない言語を蹂躙したりする時に、まるで生命種がなくなるように絶滅させられることを意味します。

このような言語の消滅の危機を憂慮する国際文化機構がいろいろな言語を保存する運動を展開する時、そこで詩の切実性と出会うのかもしれません。詩ほど言語そのものの問題から始まってそれに帰結するものもないはずだからです。

同時に、いわゆる新自由主義が人々に祖国のかわりに市場を要求し、理念ではなく現実の利益を追求する時、しまいには人間の本性が解体される現象をわれわれは避けられなくなるでしょう。このように、人間精神の復元を詩の意味を通して可能にする意志をそこに発見できます。

ユネスコがギリシャ政府との提携でギリシャデルピ神殿とアテネなどで世界詩の日を宣布したことに続き、ヴェローナで世界詩アカデミーを創立させた時、そこの二個所で詩人たちの親交も新たに厚くなったのです。

ヴェローナでの会議の意義はとても深いものでした。ご存知の通りそこはロミオとジュリエットの舞台でもありますが、何よりもダンテの終身亡命地であったということが重要です。ダンテは彼の祖国フィレンツェで変革政治勢力の十人委員会の幹部として活動している間、相手の守旧勢力は彼を欠席裁判にかけ、死刑を宣告した状態でした。彼はヴェローナの亡命者として『神曲』天国編を完成させたのです。彼の『神曲』はラテン語ではなく母国語であるフィレンツェ語で書かれました。

このようなダンテの亡命地で、ダンテが息を引き取ったところで、世界の詩人たちが集まって新しい詩学と詩運動を模索したことは、千年の詩精神を通してダンテと私たちをひとつにしてくれたことを意味します。一月前にも執行委員会が開かれましたが、私は他の日程のため参加できませんでした。

吉増先生。

あなたと私が取り交わす手紙には、できれば手紙の内容を反芻しながら堂々巡りすることがないように、あなたの手紙に対する返信ではなく、私があなたに先に出す手紙のつもりで新しい内容を盛り込みたいと思います。

それゆえにNHK出版から送っていただいたあなたの詩の鑑賞書にたいしても、いまだに感謝するのを忘れているのかもしれません。この本には詩に対するこのような理解もあるんだなあと驚かされました。またあなたの詩集もありがたく受け取りました。おそらく私たち二人の間の友情に正比例し、将来には韓半島と日本列島の間はビザなしでも行き来できるお隣になるかもしれません。そうなるとしても私たちは今のように数年ごとに一度会うような古典的な友情の周期を作ることを確信します。

韓国には酒屋がとても多いです。これは祝福でもあり、呪いでもあります。十年前に私は日本の西南端である鹿児島の横丁の酒場で、そこに住んでいる酒飲みたちと一緒になって酔っ払ったことがあります。

あなたの清潔な日常には酩酊が許されないかもしれませんが、詩人と酒の不可分の関係は東洋の古代詩以来の遺伝的な魅惑でもあると思います。この前、酒を警戒する社会雰囲気とは裏腹に最近の詩人たちは酒を飲まないと言った私の発言が以外な反響を呼び起こしたことがあります。

詩を管掌する神はアポロですが、詩人にはディオニュソスの方がはるかに肉親的です。詩の苦悩とインスピレーションの谷間に酒があることと一緒に、今日の詩人の生に存在しなければならないある痛みのようなものについて言いたいと思います。唐の李賀や近代ドイツのヘルダーリン、そしてロシアのマヤコフスキーとエセーニンのような悲劇的な生をもう一度追体験する時、なぜ今日の詩人はこんなにも日常的であるか、なぜ彼らのような精神的な痛みがないのかという懐疑を抱きます。私自身からして苦悩がすでに枯渇してしまったのではないかと思われたりもします。

ネルーダが堂々と言ったように、詩人には幸せになる権利があります。詩人であるからといって貧困とともに現世から疎外されたまま、生の刑罰だけで終わるわけにはいきません。詩人には世の中の不幸が強要されてもいけません。

したがって、詩人もやはり透き通った空気の中で遠くまで鳴り響く眩しい笑い声を出すことができるし、一日一日をいくらでも牧歌的な幸せで満たすことができます。

しかし、詩人の肖像は決して私的な幸運だけで描くことはできません。詩人の顔は世界の影と接していなければならないし、時代の暗闇から隔たっていてはいけないと思います。夜の不眠症と骨の中の苦痛、他人のそれよりも十倍にもなる懊悩が刻まれていなければならない天賦的な悲劇への義務があって然りだと思います。

何年か前、巡回詩朗読会のためドイツを旅行した時、私はヘルダーリンが幽閉された塔がある辺境都市に泊まったことがあります。精神疾患が悪化したまま苦痛に満ちた日々を送っていた詩人について、私は泥酔するしか憐憫の術がありませんでした。

その後、バークレー時代、アメリカの詩人マイケル・マックルーアが長い間精神神経疾患を病んでいることを知りました。幸いにも彼の若い妻は彼女自身の彫刻と夫の詩を合致させる芸術的な同志愛で夫の治療に献身的でした。

あの五〇年代のビートジェネレーション文学運動の末っ子だった彼が、ローレンス・ファーリンゲティ、アレン・ギンズバーグ、ゲーリー・スナイダー、ジャック・ケルアックらと一緒に既存のアメリカ文学を全面的に否定する新たな時代を切り開いたことはよく知られていることです。彼らのサンフランシスコ・ルネサンスに続いてフランスのヌーヴォーロマン運動に火がついたことも知られています。

スナイダーのある文章によると、当時それに参加した人々は詩と文学以外には何も考えなかったそうです。ギンズバーグもニューヨークからサンフランシスコへ移って来たのが大学の講義の枠を探すためだったのですが、自分が何よりも詩人であるということに気がつき、巨大なアメリカを「冒涜」する詩を叫び始めました。彼は太平洋の向こう側の古代アジアの精神遺産に傾き始めチベットのラマ教に帰依しましたし、日本の黙照禅に至る波乱万丈の遍歴を辿ったのです。

数十編の詩あるいは何冊かの詩集のために、なぜ詩人にはこれほど多くの彷徨と多端な遍歴が必要なのかわかりません。詩への献身とは重荷さえも背負うことで、それをするのが詩人なのかもしれません。

バークレーを離れる時、私はマックルーアさんにも一言こう伝えました。「あなたの病を完治させることとは考えないでください。今、世界のすべての詩人は痛みと苦しみを拒んでいます。そのような時に、あなただけでも病んでいる者になって眠れない詩人として時代の宿直者にならなければなりません。」と。

韓国の詩人である金洙暎《キムスヨン》は一九六〇年代に泥酔状態で交通事故でなくなりましたが、彼は奥さんが新しい服を買ってあげるとズボンに傷を作って古着にさせてから着ました。これは昔の中学生が帽子をナイフで切った後それを縫ってかぶるような稚気と違わないのですが、そこには詩人の気質が生きていたのです。世の中に対して新しい服が恥ずかしかった詩人のその純白な羞恥が輝いていました。

おそれ多くも言いますが、詩人は病む者です。

吉増先生。

あなたの手紙を読んでいて、私はしばらく視線が止まったことがあります。それは「内世界」という語彙のためでした。初めて見る晩春の蝶々の一種類のようなその語彙の典拠を私はあえて度外視します。この「内世界」とともに二十代頃のあなたが発表した詩一編(「疾走詩篇」)も思い浮かべました。

ぼくの眼は千の黒点に裂けてしまえ
古代の彫刻家よ
魂の完全浮游の熱望する、この声の根源を保証せよ
ぼくの宇宙は命令形で武装した
この内面から湧きあがる声よ

すでにこの詩の中でも戦慄する「内面」が出てきています。このような内面の触手はおそらくあなたの詩的現象学の主題のためではないかと思われます。

私たちが会って話し合った時、詩人が持たなければならない宇宙意識について少し言及したことがありますが、あなたの詩には宇宙のある高潮状態と話者自身の内面から沸きあがってくる宇宙への内在律がひとつに結合した性愛状態を見ることができます。

最近、私は冬の下弦月を眠れず眺めることがあります。もうどこかから来てどこかへと飛んで行く渡り鳥たちの夜の旅などは冬の間はずっとないでしょう。あの北部シベリアからオセアニア大陸南部までの長い長い距離を行ったり来たりする渡り鳥の旅こそ人間には最高の教師です。そのような旅が終わった冬空の虚空それだけが残り、その中に冷厳な月の光を満たして震えている外はまだ私をときめかすには十分です。

私の三十代の時の済州島は、その当時の韓国では唯一通行禁止が試験的に解除されたところでしたので、よく夜中の二時すぎまで酒場に閉じこもっていました。酒を飲んで共同墓地を通る山道を歩いて宿所に帰って行くとき、私にどうしろと、雲ひとつない空の中にただ残っているのは下弦月だけでした。その無言の月、その絶対の月を見た瞬間、私は酔いが醒め、月と私の間には大きな裸の沈黙が横たわっていました。その時、私は突然、世の中がどこかへと漂流しているような錯覚におちいりました。

またある夜、漆黒のような墓地の山道を越えるとき、そこにある墓地の傍で眠ってしまったこともあります。朝方、庵の鐘の音で起きたとき、片っ方の顔にひどい痛みを感じたのですが、それは百足が噛んで逃げたからでした。どこでも倒れて寝る私を起こして家へ帰すことを鐘の音と百足がしてくれたのでした。そのような暗闇の中でも私の心象には月の光が入っていなければなりませんでした。

その劇薬のような冬の月の光こそ、宇宙のひとつの相貌を私に見せてくれたのです。あなたの「宇宙」と「内世界」も地球上の詩人が必ず持つべき宇宙的自我の覚醒であるはずです。

太陽系というのが銀河系のごく小さな一部分であるように、私たちが言う宇宙というのも宇宙の片鱗であるかもしれません。それにもかかわらず、古代インド人たちの瞑想がブラフマン（梵天）とアートマン（我）がひとつであると説破したのは、若い頃の私にもひとつの勇気になりました。

むやみやたらに脱民族や脱国家などという言葉を使っている時代において、宇宙を言うこともひょっとしたら浮薄な言葉のひとつになるかもしれない、という警戒も必要でしょう。けれども、詩人の本能は根源的に無限を志向しています。宇宙の無限大こそ詩人の夢です。

ただし、これが世の中のさまざまな現実が作り出す喜怒哀楽から遠く離れてしまったまま、雲の糞になってはいけないと思います。ゆえに、超越というのは私にはしばしば禁忌になったりもします。

と同時に、最近私は私の詩が絶壁だけを歌いすぎてはいないか、山頂だけを歌いすぎてはいないか、あまりにも誇張された命題の奴隷になってはいないかと自責することがあります。

あなたの親愛と浄化された意識、そして鉱泉水のような清涼感に満ちたあなたの目から新たに得たものがあります。おそらく太平洋戦争の後の絶望と荒涼の日々の風景を背景に育つ間、自ずから心得た平和がいつのまにかあなたの体質になったのだと私は思います。

もうその戦後はすでに歳月の向こう側になりました。今は何ひとつ定義することのできない、もうひとつの「反動」の時代です。

だからといって、あのうんざりする過去の戦争が完全に無くなった時代では決してありません。アメリカは毎年世界のいろいろな地域で戦争を推し進めているし、世界のいろいろな地域はそれぞれ戦争を免除してもらえなかった危機の連続で不安な生を生きています。

このような時に詩がはたして世の中を慰める役割をすることができるのかと、私自身に聞きます。私自身が病んでいる者になることはできないにしても、病んでいる者を慰められる詩を書かなければならないという宿題は依然と私を急き立てています。

詩人は世の中の英雄ではなく、世の中の友だちです。

来年の春には沖縄へ行く用事があります。あなたが沖縄とひとつの古代的文明圏であった済州島で東シナ海の波の音を聞いたように、私も二度目の沖縄訪問でそこの波の音を聞き、そこに住んでいる人々の肉声を聞こうと思います。

なんといってもそこは台風が通り過ぎるところです。台風を克服した後の微笑みのような海軟風の中で、ひとりの少女の原生的な笑い声が聞こえてくる時、詩人はそこの凄絶な証人になれると思います。

吉増先生。

冬の間に日本は韓国より昼が一時間以上短いです。長い夜のポエジーをお祈り申し上げます。あなたは一時間以上短い韓国の夜を祝ってください。太陽の時間も詩の時間なのですから！

「アンニョン！」

（黄善英訳）

〈往復書簡3〉

蟋蟀《こおろぎ》のように耳を澄まして、……

吉増剛造
Yoshimasu Gozo

MER
MPORTER

高銀先生、いたみをいれる容器（いれもの）としての詩のありか、ありどころ、そして〝不眠の教え〟〝ねむらないでいること〟〝ねむれないこと〟を、いまだかつて経験したことのないかたちでつたえて下さったことに深く感謝をいたします。これはわたくしにとっての「未来の経験の歌」であるのかも知れません。旅の途上で、韓日・日韓小辞典を片手に、まず初めの記述は、（二〇〇三年）三月十四日の釜山からの帰途、フェリーボートでしたから、もう半月以上も、高銀先生への手紙を綴ります空気とひかりと、微妙に変りはじめた「言語の雲」とともに過ごしておりました。これもあたらしい経験でした。思いもかけなかった、「あたらしい道筋の経験」であるとともに、それを高銀先生にレポートするという、芽ばえはじめた記述の経験、その「臨床報告」ともいえるものなのでしょうか。
あるいはこれは、ある部分「無意識の道行（みちゆき）の深み」ともいうべきものなのかも知れません。「あたらしい経験の未来の道辺」に、高銀先生の詩行のひかりが訪れて、ときおりそれとたわむれるようになりました。

小さく折りたたんだ面子《めんこ》のような光

これは高銀先生がかつて収監されていた「半坪の第九号棟監房の北の窓から」訪れた、光の忘れがたい表現でした。「小さく折りたたんだ面子《めんこ》」が謎で、わたくしの小辞典には「面子《めんこ》」がなく、黄善英さんにハングルと読みを入れてもらうことにして、紙上でしばらくみつめていることにしたいと思います。

小さく折りたたんだ面子（딱지《タッジ》）

わたくしは心のなかで高銀先生のつくられた可愛らしく小さなイメージを、「みたことのない書物」として、心の奥底に折りたたんだのかも知れません。土の香りとポケットの感触、柔らかい子供の掌も、一緒にして、……。

詩人には国語の単語の一つ一つが、ほとんど運命である

……と掌に火をのせて、牢のなかで、自らもういちど身体に刺青をするようにして覚えなおされた、その単語の一つともいえるのでしょう、「小さく折りたたんだ面子《めんこ》」は、高銀

先生自身の、あるいは化身だったのかも知れません。それにしても、この「面子《タッジ》の眼」は深い、土の香り、等々……。

高銀先生もご旅行つづき、巴里（第七大学）でのご様子と会の空気は、

蟋蟀《こおろぎ》（귀뚜라미《キトラミ》）のように耳を澄まして、

釜山港のベンチに腰を下ろして、

巴里から携帯にかかって来ましたマリリアさん（*Mariya Corbot Yoshimasu*）の英語でレポートを聞いておりました。（二〇〇三年）三月十三日木曜日夕暮れ。そのときの耳の澄まし方がきっと、高銀先生が沖縄でいわれた「不可能になりつつある遠さ」に耳を澄ますような姿だったのでしょうか。蟋蟀（こおろぎ）の韓国語が、小辞書に載っていなくってとても残念でした。『環』誌上でその幽かな音（ね）を聞くことにいたします。（二〇〇三年）三月六日でしたのでしょうか、琉球大学でのシンポジウム「アジアの自然と文学」に於いて、高銀先生は、

〝現在地球上に残っている言語は六千五百以上だといわれています。しかし、ある未来学者によると、百年以内にそれは半分もしくは九〇％は失われることになるのかも知れないと、……。その失われることになるのかも知れない言語の一つ、韓国語で今日はお話しをいたします、……〟

と発言をはじめられていました。ここにも、高銀先生、あなたの「単語一つ一つ」が「小さく折りたたんだ面子《めんこ》」が、光っているのを、わたくしは感じます。それにつづく高銀先生のご発言。

〝地球上で遠いところはなくなっています。人間にとって一つの救いの可能性でもある遠いところは、いまや瞬間のどこかにしか残っていないのかも知れません、……。〟

その「瞬間のどこか」に、高銀先生の声のテープをききながら、釜山港に、蟋蟀（きりぎりす）（여치《ヨチ》）のように、坐ろうとしていたのかも知れません。「面子《めんこ》」が、裏返ったとき

の幽かで奇蹟的な風のことを思いだしながら、……。

半島の南の端の大港、釜山に、大作『華厳経』を読みながら行ってみたい（どうしてもフネで、ヒコーキではなく）と思っていたらしいわたくしの「無意識」は、主人公善財童子のこんな足音を、耳の底で聞いていたらしい、そのことによっているのだと、それにいま不図思い当たっていました。「幽かな風」の暗示の力によるものでしょうか、……。

〃……南方の国と北方の国々の間の争いがとだえることがなかった。その長い争が過ぎた後、再び静寂が漂い、ただ樹と獣のみが栄えたのだった。しかし争った歴史の痕跡は久しく持続し、未だに南インドと北インドが互いに仇同士となっているが、こんな悪しき関係にもかかわらず、真理を求める者は南方の蛮地の賤民であれ外道の異端者であれ全て訪ね歩く聖なる事業ができてきた。北方でも幼い旅人善財がまさにそのような人である。〃

（『華厳経』高銀著、三枝壽勝氏訳、御茶の水書房、三九二頁）

大きな半島を南へと下りてくる足音、そして「閉ざされた海」、それがわたくしにはないとわたくしの「無意識」はつぶやいていました。おそらく、その刹那に、その「足音」は、わたくしのなかにも、その「歩」をしるしたのかも知れません。

さあ、序曲や序の舞いはこのくらいにして、「あたらしいみたことのない書物」のページを、おそるおそる繰（く）って行くことにいたします。釜山からの帰途、フェリー・ボートの船室で書きだしていました「紙片」を、夢中になって書きついでいたのでしょう、北京行（二〇〇三年三月二十六日、中華国際航空CA926,18C）の座席のポケットに忘れてきてしまっていて、そんなふうにして「途中（の時間）」が、高銀先生、これも危険な橋です、それが、不思議な姿をして顕（た）ちあらわれてきています。

高銀先生、――。

なんでしょう、「小さな時間」に過ぎないのでしょうが、「四物遊撃（사물놀이《サムルノリ》）」か、「旋回（선회《ソンフェ》）（빙빙 돎《ビンビンドム》）」でしょうか、吸ったことのない空気が、宇宙に、宇宙を巻き始めて、心に綻（ほころ）びの「物音」が、聞こえ始めてきています。

少し、それをしずめて、先にすすむために、これも携えてきています旅の伴の一冊、『朝鮮民謡集』（金素雲氏編訳、岩波文庫）の巻頭歌から、

蓑《みの》

見やれ
向うカルミ峰《ポング》に
雨雲が
湧いたぞい。
蓑《みの》を腰に
まわして
田の葦
取ろかの。

（一一六四―慶南）

「まわして」の手振りに、悠揚迫らざる風土と空気と「天来の諧音《ハーモニー》」を聞きとってこの歌によって心をしずめていたようです。

＊

さて、このところ、めずらしい言葉の状態があふれはじめていて、……こうして綴ってみて、しばらくしてこれが「境界の言語」、あるいは「宇宙方言」のひとつの芯だということがわかりはじめてきていました。韓国語訳には苦心されるとは思いますが、……そして、大切な生活の言葉を、こんな、いわば「異星人のような瞳」で眺めようとすることのお詫びをいたします。

半濁（はんだく。半ば濁りつつ、しかし、あたらしいひかりもさ）しつつ、……

韓日・日韓小辞典を手に旅をつづけて行くうちに、おそらく、心にちいさな田か、その田に罅《ひび》か、馬刳（うまざく）りが出来て、そこで水草か葦のように、これら「言葉の精」が揺れはじめていました。「蓑《みの》」かしら、……。「半」は、きっと「半島」とも「ハングル」にも交響しています。

曇り＝흐림《フリム》、雲＝구름《クルム》、光り＝빛《ピッ》

片言（かたこと）、幼児語の芽《バッド》＝싹《サク》の状態にとどまりつづけようと決意した、これは言語たちの裸（はだか）の状態、そのあらわれなのだと思われます。そして、これは、ルイス・キャロルの「キャロル語」、あるいはロシアのフレーブニコフの「星語」、アントナン・アルトーの「舌語」と似てもいます。韓国語を母体にしてのこれらの〝鬼っ子（おにっこ）〟を産みだそうとするはたらきのはじまり、……いまは、その端緒だろうと思われます。あるいは〝はじまり〟がすべてであるかも知れません。そのはたらきのはじまりのひとつのシーン（場面）

バダクチ（바닥치）から私（ワタクシ）へ

二〇〇一年四月二十日、臨海副都心での夜の会（「朝鮮半島と『日本』の関係を捉え返す」）での高銀先生のこの発語の衝撃が、いまだにわたくしのなかで尾をひいているのです。じつにじつにあたらしい足音でした、……。

こうして「半濁」し、「迷路の時間」を孕みはじめて、わかりづらい文章になって行くことをなかばは望みつつも、もしもオーバー・ランいたしましたらお詫びをいたします。

前触れは「예고《イエゴ》」「전조《ジョンジョ》（前兆）」でしょうか。

子供のとき、ドーロの窪みや小石あるいは、夏の日のアスファルトの瀝青《ピッチ》の焦げる匂いは、もっと心のどこか近いところにあって、大きく濃く感じられていたことにいま不図、気がついていました。小文の冒頭の「言語の雲」という喩は、……ああ、そうだったのか、〝アラジンの洋燈《ランプ》のけむり〟のように、どこか下（した）の方から、絨毯か敷物の敷いてある、下方からとどけられようとしている何物かであったのです。その〝けむり〟をいま拾いました。高銀先生が（ハンセン病のどなたかが落として行かれて詩集を）道で拾われた、……その刹那の景色も、もう、わたくしのなかを旅をしていて、……というよりきっと、高銀先生が『リグ・ヴェーダ』によりながらおっしゃった〝人間は宇宙の言語の四分の一しか使っていない〟、その無意識の暗黒部に次第に近づいて行こうとしている「心の作用」でもあったのだと思われます。「言語の雲」は、「言語の地平の虫たちの声」ともつながっているものなのかも知れません。

一夜（二〇〇三年四月三日巴里）、どこかに落としてきてしまった原稿のことを、考えるともなしに眠っていますと、「綴った刹那の驚き」が、海辺の磯か浅い海底のように、淡く

濁って、紙が揺れながら浮かんできて、韓日・日韓小辞典を片手に、

朝＝아침《アチム》

釜関フェリーの（下関近く）じつに穏やかな朝と出逢って、わたくしの口がつぶやいたらしい、そのときの驚きが蘇（よみがえ）ってきていました。

「朝＝아침《アチム》」の、宝石のような質感と驚きは万人のもの、我もそのひとりという刹那の自覚が驚きを生んでいったのだと思います。沖縄、奄美諸島へと時間が許せばわたくしは船の旅をえらびます。「朝＝아침《アチム》」「あけどま（琉球古語）」は、もうそこにしかないかのように、……。〝いたみの渚〟とともに〝閉ざされている海〟のことを、あるいは〝シルクロードの髑髏〟のことを、教えていただいて、それを、双子のように、三つ子のように、考え、数えながら、……。

高銀先生の沖縄での発言に戻りましょう。

〝沖縄はすぐさまわたくしに昔からの血族の情緒を呼び起こしました。……その九十五歳のお祖母《ばあ》さんは、わたくしの曾祖母《ひいおばあ》さんのように思われました……。〟訳はこうでしたが、い

つしかわたくしの耳は、高銀先生の口から、二度くりかえされる「할머니《ハルモニ》」のなんともいいがたいあたたかさ、大きさの宇宙に耳を澄ましていたのです。読経で鍛えられた高銀先生の声調が一段と濃く力を帯びていると感じましたのは、わたくしたちの無意識が深い母性の危機を感じているからに他なりません。そうです、わたくしのこの「文体」は、あの独特の「口説き」＝身世打令（신세타령《シンセタリョン》）にも似ています。

高銀先生、――

気がつくと、わたくしもまたわたくしのポケットにある「小さく折りたたんだ面子《めんこ》」、それにさわろうとしていました。勿論、「面子《めんこ》」は、高銀先生の「牢獄の北窓からの小さな光」、その比喩でした。そう、この「比喩」も、また小さな旅をしはじめていました。とても身近にあって、次の大切なことを、……この瞬間にならいえそうだ、……というこの呼吸のおとは、長い時間をかけた大作『華厳経』読みからとどけられたものなのかも知れません。判りませんが……。

北京清華大学の甲所宿舎（ゲストハウス）の一室で、紛失してしまった手紙を、波間にさがすようにして、小文は綴りはじめられていました。日中複数言語文学雑誌『藍《あい》　BLUE』が主催して、「越境する言語」と題する、対談、討論、シンポジウム、アート・パフォーマンス、朗読、……等、稀にみる充実した会（二〇〇三年三月二十六日〜三十一日）が持たれて、わたくしもそれに加わっていました。稀にみる充実した、……というのは決して挨拶や文飾などではなくて、〃膝を突き合わせる〃その近さと情熱が、ひしひしと感じられる画期的な催しでした。

ほとんど「創作」に近い、この情熱の源を、とらえて離さなかったのは、『藍《あい》 BLUE』の編集メンバー（秦嵐さん、劉燕子さん、赤堀さん）たちでした。わたくしは心の奥で「妹（いも）の力」と感嘆していたのでしょうか、判りません。それよりも、もっともっと切迫した、やむにやまれぬ若い力、なにかを産み、はぐくもうとする途方もない力です。（二〇〇三年）三月十三日夜の巴里第七大学での会（*Poésies d'Asie*）でお逢いになった関口涼子さんにもその「力」を感じられたのではなかったでしょうか。高銀先生の発声される「할머니《ハルモニ》」から、こんな力の顕ちあらわれに思いがけずもふれることが出来ましたのも、「手紙」の功徳ですし、そう、おそらく、「할머니《ハルモニ》」の力です。不図、こうした「小道」を辿れましたことを、「ポケットに小さく折りたたんだ面子《めんこ》」の手触りとして、稀有な経験として、「未来の経験の歌」として、覚えておくことにいたします。

「恋しい哀号」

と題（ふと題していました、……）をつけました、近作の詩篇、昨年の十一月、沖縄の嘉手納基地の街、コザに籠もって書いていました詩篇が、どこかで、高銀先生に、あるいは高銀先生をとおしてお眼にかけたい方々にと、少しく「投壜通信」（ツェラン）のように差し出された「詩」がありました。「基地のなかにオキナワがある」沖縄でのスピーチで高銀先生は、このことにふれておいででした。金網をみますと、心をゆさぶられます、わたくしは「基地の（渡しの、……）子」でしたので、その「子の歩行」それ自体が、嘉手納にまで歩いていったのかも知れません。〝本当は、木浦までも歩いて行きたかった……〟これはどこから出てくるのか、判然とはしません、内心の声のひとつですが、……。高銀先生は、沖縄で、

アメリカ世《ユ》

といういい方を耳にされたことがおありだったでしょうか。論証も、歴史認識もとばしてしまった、貧しい思考の詩人の直観に過ぎませんが、この「アメリカ世《ユ》」の「アメリカ」

は、いまの「アメリカ」では決してありません。もっと根のふかい異境を孕む可能性をもつ、その根を大きくゆらしている「アメリカ」、……そう「亀の島（*Turtle Island*）」としての「アメリカ」です。シンポジウムに高銀先生とともに参加していたと聞きます、ゲーリー・スナイダー氏の考えはどうでしたでしょう。沖縄とは縁がふかい彼のいまの思いが聞いてみたい。今こそ、アメリカの文学者、思想家、芸術家の「アメリカ」に耳をかたむける必要があるのではないでしょうか。わたくしも沖縄で考えていました。「世《ユ》」に、なんでしょう「弥勒《ミロク》」の俤をみていた、……と申しますと、わたくしの貧しい思考の一筋も幾分かはみえてくるのかも知れません。そして、六〇年代初頭頃からですから四十年振りに、ウォルト・ホイットマンの『草の葉』のこんな詩を心読していましたことを、高銀先生に申し上げたいと思います。どこかに忘れてきてしまった「率直、正直（honesty）」その基底部にふとさわったのかも知れません。高銀先生の心にさそわれて、……。

ルイジアナでぼくは一本の柏《かしわ》の木が生い茂っているのを見た

ルイジアナでぼくは一本の柏の木が生い茂っているのを見た、

ひとりぽっちでその木は立ち、枝からは苔が垂れさがっていた、
仲間は誰もいないのにその木はそこに生い茂りつつ濃緑色の言《こと》の葉をいとも嬉しげに
そよがせていた、
おまけに粗野で、不屈で、溌剌《はつらつ》としたその姿はぼくに自分のことを想い出させた、
それにしてもぼくには不思議でならなかった、近くに友達もいないのにどうしてひとり
で立ったまま嬉しげにそよいでいることが出来るのか、ぼくにはとうてい出来ないことだ、
そこでぼくは葉を幾枚かつけたまま枝を一本折り取って、まわりには苔を少々からみ
つけ、
それからそれを持ち帰って、ぼくの部屋のよく見える場所に置いてみた、
何も今さらこの枝を眺めてたとえば親しい友のことを想い出すにも及ばないが、
(ぼくが近頃もの思う時はほとんどいつも友のことにきまっている)
しかしそれでもこの枝はやっぱりひとつの不思議な象徴、見ればきまって男と男の愛
がぼくの心に浮かんでくる、
にもかかわらず、そしてあの柏の木が広い平地のさ中でひとりルイジアナの陽光に輝
きつつ、

朽ち果てるその日まで身近にひとりの友もなく嬉しげにそよぎつづけているというのに、
ぼくにはやっぱりあの真似《まね》はできぬ

（ホイットマン詩集『草の葉』酒本雅之訳、岩波文庫）

ホイットマンのルイジアナの柏の木に、瞬時にして、高銀先生の『華厳経』巻頭の仏桑華（ぶっそうげ）をダブらせていました、……。

〝河の水が酒に酔ったような仏桑華の樹の間に見え始めた。明け方の河の水は水音を殺して勢いよく流れていた。幼い善財はその河を見ることで初めて世界を知り始めたのだ。〟

（『華厳経』冒頭）

こうして、高銀先生、――、わたくしたちは、彼、ホイットマンのいう「大道」ではない、違う道、「みたことのない書物」への道を歩きだしているのかも知れません。心は千々に乱れて、そして静かに。「酔うこと」「恨むこと」「心をほぐすこと」……。

さて、初めての釜山航路の静けさと海峡の声が、余程わたくしの心に深い印象を残した

のでしょう、その朝＝아침《アチム》の、原稿の残りたちが、恨めしそうに机上に佇んでいます。この航海を可能にして下さった藤原良雄さんへのミニレポートのようにして、「釜山小景」を、捨てないで、挟んでおくということを、高銀先生、読者諸氏、それをさせて下さい。

　港にはそんななんともいえない特別の空気がたまっていて、たとえば釜関부관（国際港待合所）の奇麗で静かで、床から少し高いところに腰掛けて（無意識にでしょうね、とっても楽しそうに、……）脚を振っていた奥さん方（할머니《ハルモニ》）から、無言の言葉が聞こえてきていました。あるいは、〝ハルモニ、……〟とわたくしも無声の言葉で呼び掛けていたのかも知れません。その奥さん方（할머니《ハルモニ》）からとどいてくる〝心の静けさの言葉〟は、おそらく、三、四人の方々でしたが、そのハルモニさん方が、思いがけずも少女たちのように脚をゆらした、その刹那の奇蹟的なイメージでした。一ツ二ツ三ツ、……と無言で、傍らの僕も、〝ハルモニ、……〟の無意識の心のゆれを数えてたのしんでいたのでしょう。ハルモニさんたちが、半島のミナミの果（はて）の大海で無心に足を洗っている幻視が生じたのも、肯（긍《グン》）、……、太古からの渡し場、国際港釜山ならではのことでした。静かな釜山港でした。

　高銀先生、――。昔の修験者か行脚の僧が背にしていました笈《おい》（葛籠、つづらこ。韓国語では何と呼びますでしょうか、……）に似たケースに、本や資料や辞書（高銀さんの『華厳経』、詩集『祖国の星』、森崎和江さんの『愛することは待つことよ』、佐川亜紀さんの『韓国現代詩小詩集』、渡辺吉鎔氏『韓国言語風景』（岩波書店）、四方田犬彦さんの『ソウルの風景』（同）、金素雲編訳『朝鮮詩集』（岩波文庫）、同『朝

鮮民謡集』（同）、他沢山、……）、そして持仏……、に似たアメリカ・インディアンのカチーナ人形、……を仕舞い込み、旅に名をかりて、並べなおし、心をあらたにするということをして、高銀先生のいわれた「邂逅としての詩」を綴りはじめる準備をしていて、これはそう、太古から万人の心がしようとしてきたことなのかも知れません。「旅」や「旅での出逢い」に機会をかりて、〝身繕い（みづくろい）をする〟〝身なりをととのえる〟ということをしはじめているのかも知れません。釜関부관（国際港待合所）の空間を、何処にもないお池か川辺（かわべ）に見立てて、そこに脚を下ろして少女のように振っていた、ハルモニさんたちの無意識の〝遊び（놀이《ノリ》）〟を、釜山港にいてわたくしは、奇蹟的な身繕いと観じていたのかも知れません。「閉ざされた海の瞳」もここを眺めている、……。そう、わたくしは感じていました。南の果てのここも港ですね。「港」と、少女たちの脚の下ろす蓮池のように、……でしょう、イメージを色どりを変えてみたいと、旅に出てから離せなくなりました（「持仏」みたいになってきた）韓日・日韓小辞典を繰りますと、〝漲る（넘치다《ノムチダ》）〟、〝漲り（넘침《ノムチム》）〟の二、三行下に、〝浦口（포구《ポグ》）〟の響きの風の魅惑的な空気に、出逢っていました。これも〝刹那の桃源郷を吹いて行くかぜ、……〟でした。何気なしに手元の一冊の『朝鮮民謡集』をみていましたら、こんな跳《ハ》ネ方……（瞬時に、〝カタカナ〟に成りましたが、……）が、この〝跳《ハ》ネ〟に、心が躍りました。一九七四

年と九八年とわたくしも二度三度とソウルに行きましたが、こんな〝跳《ハ》ネ〟を心にしていたら、景色の空気はまったくといってよいほど違ったものにみえてきたことでしょう。注も番号（出典）も一緒に書きとっておきます。題名は「鯉《こい》」。

京《ソウル》　京の
細路《ほそみち》に
娘跳《は》ねるを
見にまいろ。

京《ソウル》　京の
古池に
鯉《こい》の跳《は》ねるを
見にまいろ。

（一〇四三―慶南）

娘子たちの板跳ね遊びを鯉の跳ねるにかけ合わせて。

『朝鮮民謡集』から、二度の引用をいたしましたが、そのときの心躍りは、格別のものでした。

さあ、とうとう、高銀先生への第二回目の書信も、紙幅が尽きようとしていて、この場でなければ書けないらしいこと、書いておきたいことが、潮（しお）のように心に満ちていきます。

尹東柱《ユンドンジュ》の「序詩」の訳に関して、李箱《イサン》という夭折した天才詩人のこと（高銀先生に「評伝」があり、一部分だけでも、黄善英さんに教えていただきますが、すぐにも川村湊氏の論文「東京で死んだ男——モダニスト李箱の詩」も読みだすつもりです。（以上佐川亜紀氏『韓国現代詩小詩集』による））。

いずれも韓日のポストかポケットに入れて、「閉ざされた海」の思い、いたみ、……との「無意識の道行」が、できますようになる日を、朝＝아침《アチム》を、思いえがいて、……。

二〇〇三年四月四日朝、巴里の客舎にて

吉増剛造拝

〈往復書簡4〉

言語の雲

高《Ko》銀《Un》

パリから送っていただいたお手紙を拝受いたしました。〈往復書簡3〉を通して。あいにく、あなたはそこへ行き、私はそこを離れました。この行き違いも出会いの一つの変種かもしれません。そこで奥さんのマリリア女史にお会いできてすごく嬉しかったし、奥さんを通して吉増剛造夫妻の詩と歌という行事が準備されているのもわかりました。

私も韓国に帰ってきてから、ストックホルム大学の行事――高銀の詩の世界――に参加するため、ほどいた荷物を再びまとめなければなりませんでした。このような日程は旅行というより会社の出張みたいだと思われる時がたびたびあります。

東京とパリ、二つのところでまるで水陸両棲のような生活をしているあなたの場合は言うまでもないでしょう。けれども、生の流動概念から見れば、人間は一つのところで型にはまった日常をおくるより遊牧的な生を体験することが自我を拡大するには遥かに良いのかもしれません。

先日、ベルリン国際文学祭組織委員長であるウルリヒ・シュライバーさんに韓国の家に来ていただいた際に、彼がもってきてくれた昨年の国際文学祭のプログラムで懐かしい参加者たちの写真を見ました。フランスの詩人ミシェル・ドゥギー、南アフリカ共和国のブレイトン・ブレイトン・バフ、ドイツのミハイル・クレイガー等とともに、日本のあなたも参加していたことが分りました。秋には私もそこに参加した後、ドイツを巡回することになります。

私たち二人はたとえ顔を合わせなくても互いの足跡を知ることができ、少しも遠い感じがしません。


吉増先生。あなたが書いてくれた韓国語「귀뚜라미《キトラミ》（蟋蟀）」、「흐림《フリム》（曇り）」、「구름《クルム》（雲）」、「빛《ビッ》（光）」などを私も静かに口ずさんでみました。そしたら、言葉の裸の状態、言葉の赤ん坊のような状態を、「言葉自体の母乳期」をあらためて思い出すようになりました。そして、あなたが言っておられた「星語」「舌語」に近い言語感覚も一緒に思い出します。

私もまたあなたのおかげで、母国語の語彙の一つ一つをまるで初めて発する時のような新鮮な経験、このありがたい事実のとりこになります。赤ん坊が覚え始める時のその言葉にこそ、お母さんやその他の大人たちが使ってきた言葉とはまるで違った言語の太初性あるいは最新性がある、その言葉が指す世界がまったく新しいものとして一変することに驚きます。

あなたの語彙に対する愛は、一瞬の間だけ花に止まってはすぐ飛んで行ってしまう蝶々の震える足についた花粉のように、花に実らせる力を秘めていると思われます。ヴィトゲンシュタイン風に言えば、語彙は指示する対象だけを意味するわけではなく、その行為と他の行為との間の違いを意味しているのかもしれません。つまり、語彙が指示する意味の対象は言葉によって固定されたものではなく、私と対象との「間」の生命現象と言えるでしょう。

あなたが韓国語の語彙を通して得ているその繊細なイメージは、すでにもう一つの違った言語行為であると思います。そうであるとするならば、あなたは道具説としての言語ではなく過程説としてのそれとして言語を詩の世界に呼び入れているような気がします。それは言語を単純に表現の道具とすることに対する神聖な否定でもあるのではないでしょうか。

あなたがおっしゃった「言語の雲」は私にもあった想念です。これを見てもあなたと私は同病相憐の患者なのかもしれません。以下の私の話を聞いていただきたいと思います。

東北アジアからヨーロッパへ行く道は、冷戦時代には北極海の上空の航路を通る遠廻りをしなければなりませんでしたが、今は北京、ウランバートルを通ってすぐロシア上空を横断する航路です。弓張月のようなバイカル湖と、未だに雪を所々かぶっている獣の背中のような五月のウラル山脈を見下ろすために、私は飛行機の窓かけを開けます。

空は雲がない時には一万キロ下の地上を見せてくれますが、雲が起こった時にはすべての世界の存在を覆ってしまいます。雲はすばらしく変化に富んでいます。日本の天才詩人石川啄木は「雲は天才だ」と詠ったことがありますよね。大気圏の高気圧とともに発達した綿雲たちの様々な形状を眺めながら、私にはその雲たちが、今まで人間が使ってきた言葉たちが空に登ってきて他の人たちの言葉になるためにさ迷っているもののように思えたりしました。

この言葉としての雲たちは、地上の人間が使っている言葉がこれ以上再生できないほどに悪用され、あらゆる嘘を飾る奴隷の記号になってしまった過去に対する苦しい悔恨で明滅しているように思えたりもしました。時には、雲たちは人間が出会ったあらゆる美しさと崇高さが積もった遺産としての言語の魂魄であることもありました。いずれにしても、雲は天上の祭典ではなく、地上の糧食でありました。

雲が浮かんでいるシベリヤの空、向こうから明るくなってくる青い空の切れ端こそ、そこに残された雲の残骸と一緒に地上の汚れと欲を洗い流す浄化の言語に見えたりもしました。私は窓かけを降ろしながら一人でつぶやきます。「ああ、言語は地上にだけでなく、地上に満ちあふれる暗闇の中にも天上の虚空の中にもあるのだ！」と。

私の詩の友よ。過去の友というより未来の友よ。

私は旅行と旅行の間に、ソウルで韓国の民族文学作家会議の同僚たちと一緒にイラク侵攻戦争反対の都心デモに参加しました。その他にも国内のいろいろな社会文化運動団体と連帯し、アメリカの邪悪な世界戦略に対して抗議しました。

韓国の若い詩人朴労海《バクノヘ》はヨルダンへ行き、バグダッドの爆撃の状況を体で感じ、ある若い女性の作家も作家会議の派遣でパレスチナとイラクの苦痛を目の当りにしました。

この前沖縄に行った時、そこの詩人である川満信一さんも戦争が勃発する直前にバグダッドへ行き、イラクの人々のアメリカに対する糾弾デモに参加していたことを知りました。

日本の詩人と文学知識人がイラク事態に対してどのような関心を払っていたのかとても知りたいです。外信報道などを通して得た短絡的な知識からは、日本の市民運動勢力の行動だけでなく、日本の文学的な反響もあるべきではないかと思います。

このような務めは、詩それ自体のためにも切実です。詩の源泉でもある詩の外部に対する絶え間ない渇愛が詩人の志向を現実から離れないようにするからです。詩人が自分自身の詩の中の穴居に留まる時、世の中は詩人という存在を忘れてしまいます。ゆえに、詩人の舞台が現実にあり、世界にあり、それを無限拡大した宇宙を含めた境界の破壊にまで至ることを望みます。

われわれは改めて注目しています。

第二次世界大戦以後もっとも多くの人が集まったというロンドンでのデモや、ベルリン、パリ、ニューヨーク、ジャカルタそしてソウルでの反戦平和運動の激流はバグダッドへの侵攻開始前後の地球上の生命の爆発でした。アメリカでの愛国的な雰囲気にもかかわらず、アメリカの詩人たちが反戦を訴えた声も印象的でした。広大な地のあちこちに離れて住んでいるアメリカの詩人たちの政治的な合意は実に意外でした。

ご存知の通り、アメリカには二年制の桂冠詩人が存在し、今四代に至っています。彼らはアメリカ全域を廻り詩の復興運動を展開し、国会図書館には国が提供する機構もあります。一、二代の桂冠詩人に指名されたリタ・ダブーやロバート・ハースとは私も友だち付き合いをさせていただいているのですが、特にハースは私を『ワシントン・ポスト』紙に紹介してくれたり、バークレーやハーバードの詩の朗読会では司会を担当してくれたりしました。

アメリカの詩人たちの詩運動は決して衰えることがないようです。ある人がアメリカには野球とアメリカンフットボールしかないと思っていたのにこんなに詩と詩人がたくさんあるとは知らなかったといったことがあります。

ブッシュ政権でも去る三月にホワイトハウス主催で全アメリカ詩人の祝祭が開催される予定でした。その行事を前にしてイラク侵攻が始まると、そこに参加する予定だった大部分の詩人は不参加を通知したり、ブッシュ戦争反対の意思を表明したりしたため、大統領夫人のローラ・ブッシュがそのイベントを取りやめにしたそうです。

詩集出版の名門でもあるカパーキャニオンプレスを経営している詩人サム・ハリーもホワイトハウスの招聘を受けた詩人の一人ですが、不参加を宣言し、反戦平和運動の先頭に立ちました。彼はインターネットサイトを通じて世界各国の詩人たちに反戦平和を主題にした詩を送ってほしいと訴え、一万六千編の詩が集まったそうです。私も三年前に国連の平和会議の開幕式で朗読した「平和の歌」をとりあえず送りました。

今、地球は超大国の先制攻撃という野蛮が新しい千年、新しい世紀を冒涜しています。お父さんブッシュの湾岸戦争当時は、世界が何の準備もないまま虐殺と破壊が行われる戦争のシーンをまるで娯楽番組のように見ていました。その当時、空襲の実況をまるでクリスマスイブの祭りのようだと言ったりするあきれた反応もあるくらいでした。

しかし今度の息子ブッシュの戦争では、一極体制の帝国主義の専横が世界史のどの専横よりも傲慢不遜な犯罪行為であることに、地球上の良心たちは傍観することができなかったのです。もうイラク戦争は「終戦」が宣言されました。

アメリカは中東の秩序だけではなく世界のいたるところでアメリカ式の秩序体制の絶対者となりました。しかし、イラクの事態はむしろこれから新たな世界問題として進行しはじめていると思われます。終わりは始まりです。

今、世界は、国家犯罪や新帝国主義の戦略に抗する「街の権力」と「曠野の使命」が成長することによって、これ以上強者の暴力が正当化されないように、これ以上ただ力の論理だけで正義になることができないように、地球上の抵抗を広げていっています。三年前、フランスのブルデューが韓国に来た時、互いに力を合わせてアメリカの不義に立ち向かって戦おうと話し合った慶州でのことを思い出します。

実際、太陽系の唯一の楽園であるわれわれの惑星は、楽園とは正反対にあまりにもたくさんの弱肉強食の暴力で点綴されています。地球を何度も滅亡させることができるほどの大量破壊兵器を独占している国が、大量破壊兵器を持っているという嘘の名分を作り上げイラクを廃墟にし、イラク国民を生と死の狭間を生きる苦痛に追い込み、石油の富を横取りしました。吉増先生のおっしゃった「アメリカ世《ユ》」の本来的な美学はどこにも見られませんでした。

イラクの事態はそこに住んでいる無数の生命を犠牲にしたばかりでなく、生存者をも身体不自由者や重態の患者にしました。飢餓と病気に苦しんでいる人々も放置したままです。上水道の一口の水もない状態で、四十度を超える酷暑に放り出されたまま、ただアラーだけを呼び求めるようになっているのです。

五千年の文化遺産という人類の宝庫が徹底的に破壊され奪われました。もしかしたら博物館への乱入として偽った緻密な略奪行為がその背後にはあるのではないかとも考えられます。

ニューヨークやロンドンそしてパリの博物館や美術館に自分たちの祖先が残してくれたものではないオリエントからの略奪品が展示されているのは、それだけでは終わっていない今日を暗示しているような気がします。このように、野蛮の前で文化も虐殺され強姦されているのです。

イラクの廃墟を見て、それが韓国や日本でなかったことだけを幸せに思うことはできません。私たち二人は、一九四五年の時の日本と一九五〇年の時の韓国を思い出すことができます。

イラクの詩人アップドル＝ワハプ・アル＝バヤティーは歌います。

われわれはなぜ沈黙を守っているのか。
われわれは死ぬ。
わたしには家があった。
わたしにはあった。
まさにお前。
心臓もなく、声もなく
慟哭する。まさにお前。
なぜわれわれは流浪地にいるのか。
われわれは死んでゆく。
われわれは沈黙の中で死んでゆく。

（「われわれはなぜ流浪地にいるのか」より）

＊訳者注――日本語で訳されたものを確認できなかったため、韓国語から日本語に訳した。

昨年、詩人のブレイトン・ブレイトン・バフがサラマゴとソインカ等と一緒にパレスチナを訪問することでイスラエルの暴悪を隠喩したことがあります。

いま詩人たちは戦後イラク問題だけでなく、他の地域の暴力の問題も知識人の開かれた義務と結びつけなければならないと思います。

詩とは何か。詩人とは何か。この問いは今更のようでもありますが、われわれには逃れることのできない問いでもあります。

吉増先生。ある時は人間より動物の方がはるかに天使に近いような気がします。ある時は人間の最高の形態を「抵抗できる人間」に求めます。時代の不条理に対する憤りは、詩人の栄養分である喜びや悲しみとともに創造的であると思った時、現実から流離した内面化は時には耐えられないものになります。

もしかしたらこのような私の心境は、一九七〇年代以後の韓国の現実を生きてきた私の慣いかもしれません。が、私自身が生きてきた過去の日々とは関係なく、一人の詩人が当然担うべき正義の叙情であることに違いありません。私は軛を知らない野牛の自由より、軛をかけられた牛の苦役を、人間または詩的人間に要求したいのです。

あまりにも重いもの、なし終えないものであるにもかかわらず、それを避けて通る道はありません。近代詩以後の現実に対する詩人の態度は常に深い関心の的でありました。実際、韓国の植民地時代におけるモダニズムは、いわゆるグラムシのモダニズム有害論とはまた違った、それ自体の実験的な成果とは別に、その当時の過酷な現実から目をそらし、自分自身の空虚な伝説化に没頭していました。

一九三〇年代におけるスペイン人民戦線を支持した西欧のモダニズム詩人たちと、現代美術の前衛であるピカソが「ゲルニカ」や韓国戦争を告発する絵を残したような反ファシズム反戦の熱情とは違った方向で、モダニズムは古典への遡及をはかったり、自分自身の密室に意識の流れを閉じこめたりして、記号学の私的な道楽から離れることがなかったのです。

私は言語が世界に対する抽象形成ではなく、世界の傷を治したり癒したりできるような血縁形成であることを望みます。詩人は三歳の時から泣くべきであると、私は過去にレールモントのようにうたったことがあります。

アウシュヴィッツ収容所の虐殺者たちは、虐殺の合間に同僚たちとゲーテやリルケの詩について語り合い、バッハやモーツァルト、ベートーベンを家族と一緒に聞いていたそうです。彼らは無知蒙昧な屠殺者ではありませんでした。水準の高い文化の享受者であったのです。芸術的な感受性と残虐なサディズムが共存するこのような事実をどのように説明すればいいのかわかりません。

この場合のゲーテとリルケは果たして何なのか。どんなに高貴な文化的伝統や作品の恍惚の境も数百万人のホロコーストの蛮行に対しては何の制止の能力も発揮できず、その蛮行の合間をうめる装飾にすぎないとしたら、それはもうひとつの悲劇であるに違いないでしょう。

詩と芸術が強者や富者や悪漢の小道具になってしまうことを拒む、新しい力の美学を私は探求したい。それに今日の先端文明は人類のあらゆる悲劇さえも一つの商品として消費させることによって、環境破壊や経済的格差の悪化、社会規範の解体そして戦争のゲーム化を煽っています。詩はどこで暗闇の中の光となり得、どこで霧の中の霧笛になりうるのでしょうか。

このような大災難または大破局の前で、二十世紀はじめの黄金期をすぎた詩の運命はその尊厳を維持できず、片隅に残された独白になりやすいのです。そして詩の危機論はどんどん詩から離れていく時代を読むことに忙しいのです。

古代中国では官吏を任用するための試験で詩を必須科目としていました。それが詩作そのものを統治イデオロギーの秩序に取り込ませる律の訓練であったことは、言語が文法体系という秩序の道具であること、その表現内容が支配者に対する忠誠を強める目的をもっていたことを意味します。

権力と価値の階層を言語が作り出す、というJ・スタイナーの痛烈な指摘があります。すなわち、言語は自ら口先だけの間違った希望と虚偽に侵されてしまったというのです。いまや非言語文化である音楽言語や数学言語による遊びと科学が威勢を振っています。

吉増先生。私たちが会う時の喜びが虚しいものにならないためにも、私たち二人には詩的緊張が要求されるのかもしれません。友情は時には凄然なものです。アナーキストたちが「国家か友達か」と責め立てる時のその友情とは、同士愛だけでなく、人類の普遍的な博愛までをも含もうとする夢でもあるでしょう。

いずれにしても、私はあなたと街角の酒屋に向かい合い、一本の酒を分かち合う風景を夢見ます。明かりが消えた後の月光があることを祈ります。

（黄善英訳）

〈往復書簡5〉

より深い読者へ

吉増剛造《Yoshimasu Gozo》

「手紙」は、――たとえわたくしの綴ります、貧しい、このとるに足るところのないようなものでさえも、より深い読者の眼にむけられたものでしょう。高銀先生、わたくしは、先生の大著『華厳経』のページのどこかに埋められていました「歌の大甕」（……、を掘り出すシーン）を心に一瞬懐しく思い浮かべつつ、この「傍点＝強調」は、疑問符でもあると、いま、わが心にも、いい聞かせるようにしております。

「より深い読者へ」――何日かをかけて、高銀《コ・ウン》先生への第三回目の「手紙」のさしだし方を考えあぐねて、「より深い読者へ」という言葉というより、（未知のといってもよいでしょう）メッセージが不図、到来しておりました。といってそれが具体的にどんな像を結んでいるものなのか、はっきりとは判りません。が、もうひとりの出来ればいままでよりも少し深い読者を自分のなかの異界の汀に産み落すこと、……と考えますと、そこに心を集めているのではないのに、自力で「あたらしい鈴」を造りだすのに似た、幽かなものの音、震えを覚えます。あるいはこれは自力では産みだすことのできないものへと、これまで自力で造りだそうとしてきたちからをさしむけようとする、転回の徴候であったのかも知れません。あるいは高銀先生がシベリア上空で、閃光のようにしてつぶやかれた「言語は、……天上の虚空の中にもある」、この「虚空の言語」へと接近するための果てしのない初まりの努力であるのかも知れません。

高銀《コ・ウン》先生。わたくしたちの「手紙」はここにさしかかってきているのではないでしょうか。しばらく、語り残すにはとても惜しい出来事の迂路をたのしみつつ辿りながら、今日の本題に入って行こうと思います。ところで「あたらしい鈴」は、喩にみえるかも知れませんが、はじめてお逢いしましたときに高銀先生が態々お土産にと（市ヶ谷アルカディアの「対談」の席上で、……）下さったものといいますより、それは、イメージのお土産と名付けてもよい、その遠い響きの佇いに、耳を澄ますことになる端緒ともいえる、そんなあらたなはじまりの時を告げる「鐘（종《チョン》）」だったのです。それを、吊ってみるための軒端もなく、しばらく東京西郊の陋屋（ろうおく）の戸口に据えていますうちに、わたくしの耳の奥に、なんでしょう、過去の記憶にないものなので形容のしようもないのですが、そう、誰も想像したことのない、何処にも置かれることのない白磁の姿が、そんなかたち、音楽のかたちが浮かんできていました。

それは、あるいは、高銀先生が収監された牢の床で目にされたひかり

面子（딱지《タッジ》）

のこれは変化（へんげ）であったのかも知れません。ほんの少し、読者諸兄にも、高銀先生にも、こんなことがありました、……と〝面子（딱지《タッジ》）〟が、産みだすことになった空気を、掌に乗せて差しだすことにいたします。まるで、「この世界の背後に隠れているもう一つの世界（秩序）から、……」（このいい方とヴィジョンは、アントナン・アルトーを参照したもの、……）細くて奇麗な掌が、空気の層を破って、何かをつかみだす（差しだす）瞬間、……そうでした。それは、記憶の再生と発見のプロセスでもあったのです。さらに、わたくしたちは、その〝面子（딱지《タッジ》）のひかり〟が、高銀《コ・ウン》先生の収監された牢の床から、遙々と旅をしてきたものであり、その不意の化現、顕現でもあったことを知ることになり、ここがあるいはもっとも大事なポイントであるのかも知れませんが、〝面子（딱지《タッジ》）のひかりの生々とした初めての旅〟が、わたくしたちの眼にはっきりと映し出されたことを知ったのでした。〝未知の子供の眼のひかり〟、あるいは、これが、この手紙のはじめで使いました言葉、「より深い読者（の眼）」なのかも知れないと、不図、思います。

高銀先生、読者諸氏に、――、ささやかな出来事でしたが、こうしたことが起こっていました。初夏の頃、早稲田大学のキャンパス。「高銀先生への手紙（「蟋蟀のように耳を澄まして、……」）」を、今年から政治経済学部で担当することになりました「言語表象論」のテクストにして、韓国から早稲田大学に留学していらっしゃる二人のお嬢さん、尹恵賃《ユンヘーチン》さん、崔世卿《チェセキョン》さんに、（あとで気がついたことですが、「翻訳」とか「翻訳空間」というよりも、そこに未知の語り部あるいは未知の歌手が立つことになった、……）そう、もうひとりの言葉の精のように、教壇のわたくしの傍に立っていただきまして、わたくしの「日本語」とはまったく違った弾みで、世界の一端が鳴りだしていました。

「빛《ピッ》（光）」「아침《アチム》（朝）」「딱지《タッジ》（面子）」

高銀先生にも読者諸氏にも眼に入れていただきましたこれらの言葉たち自身が、ここがあたらしい生命線、あたらしい生命の渚と感じたらしく、高銀先生の言葉をかりていいますと「赤ん坊のような状態」で、その音楽を奏ではじめていたのです。問題はその次です。いや、〝問題はその次です〟というのも、おそらく正確ではありません。

済州島（제주도《チェジュド》）に向っているこの秋の颱風（태풍《テプン》）の後姿を、丁度わたくしは沖縄で風待ちをしながら考えていました。沖永良部島で行われる予定の「奄美自由大学」（今福龍太氏主宰、第一二回。二〇〇三年九月十三日、十四日）に参加するための旅の途上にあったのですが、こころは奥の方で、北上して行く颱風（태풍《テプン》）の後姿を追い、太古から島や半島で生活してきた人々の漣波たつような心配のここ

ろのうごきがかすかに顕（た）って来て、そうして

白壺を頭上に歩む女の人の後姿、……

（のイメージと像と）が浮かんできていました。ここまできまして、ようやっと、わたくし自身に、高銀先生や読者諸氏に、本当は何がいいたかったのかが判然としてきました。そうしたシーンとの出逢いを通らなければ、わたくしたちはもう「表現」ということに辿りつくことも出来ないようになってきているのかも知れません。像が顕（た）って来て、それが浮かんできて、わたくしたちはこころの奥で、

心配（걱정《コックチョン》）

するということをさがしていたらしいことに気がつくのです。心配（걱정《コックチョン》）をするというこころの大切なはたらきがいつの間にかわたくしたちの日常生活から奪われるようになって来ていて、わたくしたちはその奪われた大切なものを、漂流物のように追い求めて

いるのかも知れません。

白壺を頭上に歩む女の人の後姿、……

は、颱風（태풍《テプン》）の波間に揺れていましたし、重い労働の日々をおくっていた女性たち、海女（あまさん、……）たちからの信号であったのかも知れません。さて、早稲田大学の尹恵賃《ユンヘーチン》さん、崔世卿《チェセキョン》さんのされました「仕草」あるいはその「仕事」のご報告に戻ります。高銀先生が牢の土間で眼にひかりを点《と》もす（켜다《キョダ》）ようにでしょうか、認められた、土間にさすその「ひかり」

面子（딱지《タッジ》）

「折りたたまれた面子（딱지《タッジ》）」に、どんな世界のひろがり、歓声、土間、台所、戸外のひかりを、尹さん、崔さんたちは、刹那にみたのでしょう。次の週の早稲田の教室に、丁寧に折られ畳まれた色とりどりの面子（딱지《タッジ》）が運びこまれ、それを手にしたときの驚く声の

波紋がひろがって行きました。日本の一葉の平たいメンコが、韓国の色々の思いを折り畳んだ、ずっしりと重い面子（딱지《タッジ》）に変幻した瞬間でした。尹さん、崔さんは、どんな火をこころに点して（켜고《キョゴ》）、広告の紙裏を折り畳み、組み込み、異地で誰かに手渡すための漂流物の初めての手仕事をされたのだろう。そんなときを想像しているとき、

　面子（딱지《タッジ》）

にきざみ込まれ、折り込まれた言葉を、尹さん、崔さんたちとともに、それを聞きとりながら、地面に語りかけているシーンが顕ちあがるのを経験します。これは、あるいは、高銀先生、これまで聞いたことのない歌のはじまりの物音に、わたくしたちも耳を傾けようとしている、そうした経験の端緒をいまつかまえようとしているのかも知れません。

　ここから、少しづつ、今回の「手紙」のテーマに近づいて行きたいと思いますが、先生の前回のお手紙の「言葉の雲」に鼓舞されるようにして、普段はほとんど近づかない、インターネットに少し近づき（編集部の西泰志さんにお願いしまして）アメリカの詩人たちの運動にも少しづつ触れようとしていました。これも、高銀先生の注意と促しのお蔭でした。感謝をいたします。これ

からも、過去の作品に少しでも感化されたことのあります、同時代の詩人、たとえばロバート・ブライ、ロバート・クリーリー、W・S・マーウィン、あるいはシェイマス・ヒーニー氏らの詩作を注意して読んで行こうと思います。

さて、今回の高銀先生へのこの手紙のテーマは、「詩」とはなにか、ということではなく、この時代における詩人の義務と役割、高銀先生の次のような苛烈な、そして火のような憤りに正面から答えようとすることだと思います。もういちど先生の言を噛みしめてみたいと思います。

「詩とは何か。詩人とは何か。この問いは今更のようでもありますが、われわれには逃れることのできない問いでもあります。

吉増先生。ある時は人間より動物の方がはるかに天使に近いような気がします。ある時は人間の最高の形態を「抵抗できる人間」に求めます。時代の不条理に対する憤りは、詩人の栄養分である喜びや悲しみとともに創造的であると思った時、現実から流離した内面化は時には耐えられないものになります。

もしかしたらこのような私の心境は一九七〇年代以後の韓国の現実を生きてきた私の

慣いかもしれません。が、私自身が生きてきた過去の日々とは関係なく、一人の詩人が当然担うべき正義の叙情であることに違いありません。私は軛を知らない野牛の自由より軛をかけられた牛の苦役を人間または詩的人間に要求したいのです。」

末尾にみえます「軛をかけられた牛の苦役」という高銀先生のされた表現から、汗と匂いと（赫い柔かい）土地の窪み、傾斜が、……そして〝不眠の苦役〟が、さらにロッキードF—80の上空の機影までが、わたくしの記憶の一葉の地底の不眠の戸口をひらき、そこを再（……《また》）、歩きだす気がしています。ここから、ここからも「いままでよりももっと悪夢に耐えて行くあたらしい感受性をもつ読者」を育（はぐ）くんで行く、泥濘つづきの不眠不休の通路（みち）がはじまるのだと思います。高銀先生がいわれた「現実から流離した内面化」にちかいと思われますことを、じつに貧しい力で、わたくしはわたくしなりに、そしてバラバラに、……

砕く（부수다《プスダ》）、こなごなにする（산산조각내다《サンサンチョガックネダ》）

そのちから（苦心、煩悶、思いわずらい＝번민《ボンミン》）を、とりもどそうと思います。コンピュータの画面に、朝な夕な向い合う人々の胸の底の思いの兆しにも、必ずやそれがあるのだとわたくしは確信をいたします。高銀先生、読者諸氏へ。この手紙を書くことは、いつもにも倍した難事、試練でした。おそらく、肯いていただくところまで考えが深められたかどうか、内心忸怩たるものがあります。しかし、「不眠」と「苦役」を背負われた、韓国のというよりも、われらの大詩人高銀さんの「注意」と「促し」により、このこころみ（「往復書簡」）に、あたらしい僅かなページのうごきを生みだし得たことはたしかです。

おしまいに二つのことを。一つは親友（とも）の詩篇。作者の吉田文憲さんの述懐によりますと、〝この詩篇は9・11事件の直前に〟そんなことが起ろうとは思わずに、思われずに書かれ、そして9・11事件の数日後に、新聞（「朝日新聞」）に掲載されて、〝個人的なモチーフで書いたつもり〟が、その空気、その渦中で読まれることになったという詩篇です。予感といいますよりも秀れた詩人の「砕かれた心」に「心配をする力」に、その「事件」が出逢った、……あるいはここに映ったのだといえそうです。

わたしをあふれて

かなしみは空にふれる
ここにいて、
この影をどうして燃やしたらいいのだろう、
　　　　　　　　　　この夜に

……………………………

くりかえしくりかえし同じ名を呼んで、くりかえし
くりかえし行方不明の人をたずねて、
蘇るために、ここにいる
遠ざかるために、ここにやってきた
橋のうえで、
こわれてしまった時を回して、
どんな姿をしてわたくしはそこに立っていたのだろう
書きかけた文字の中で、
だれでもないものの声をたずねて、

水辺に白い精霊たちが下りてくる、

この夜に

（吉田文憲「祈り」）

最後にインターネットでみつけていただきました *Lawrence Ferlinghetti* 氏による、高銀先生、一休宗純の稀らしい対話詩篇を、編集部さんに頼んで、英訳からわたくしたちのために翻訳をしていただこうと思いたちました。もうひとつのアメリカの脈々たる自由の精神の戸口に、いつまでも触れつづけるためにも。

一休

汝は汝以外の誰かではありえない

それゆえ汝は汝が愛するあの他者である

高銀

俺は一個の実体だったことなんかない

六〇兆個の細胞さ！
俺はジグザグよろめき歩く　生ける集合体
六〇兆個の細胞さ！　みんなすっかり酔っぱらってるよ

一休
誰も花々に芽吹けと命じはしなかった
春が過ぎ去っても花よ枯れろとは誰も言うまい

高銀
一ひらの雪片を何十年も待ちながら
私の炭の身体は白熱し
白熱しそして燃え尽きた
蟬も啼くのをやめている

一休

鳥のかあかあいう鳴き声はよろしい
だが、可愛らしい娼婦との一夜は、その鳥が言っていた以上のより深い智恵を開いた

高銀
あんたはあんたじゃなかろう
そうだろ
もし酒と女のすべてを知らなかったらさ？
他のことだってわかっちゃいなかったけどね
ほらごらん、つがいのカササギが
あんたの髪に巣をかけちゃったよ

一休
女は、汝と共にあるとき、光明だ
そして汝らの情熱の赤い糸は汝の内にめらめら燃え上がり、汝は悟る

高銀

世界はすべて子宮の中だ
あそこはぐっすり眠れたな
泣こうとして外に出てみたら
それで一巻の終り！

では、高銀先生、仲秋の名月に、それぞれ、別々の場所で、白熱した火口の縁（ふち）に立って、盃をあげましょう。読者諸氏には低頭（こうべをささげ）ながら、……。そして、わたくしのなかに生まれようとしているらしい「あたらしい読者」に、無言で挨拶を送りながら。ありがとうございました。

〈往復書簡6〉

海の華厳

高《Ko》銀《Un》

モッズ
'00 8 22

帰り際に静かに立ち上がる客人のように、戦慄が静かに走ることもあることに気付きました。あなたの美しいお手紙の中でそのような戦慄に出逢います。ある丘の上で眠った獣を起こすようなお手紙の中の「音」が聞こえていたのです。

結局、それはあなたの言われる「鈴の音」でもあり「鐘の音」でもあります。精神的であるほど音楽となる精神の母音と子音が縺《もつ》れ合い、それが今やっと全詩集の『万人譜』第五巻（一六―二〇巻）の原稿を出版社に渡した虚脱状態の私を正気に戻らせる力になりました。音は覚醒の魂です。

吉増先生、今日本にいらっしゃいますか、それとも他国へ向かう飛行機の中にいらっしゃるのでしょうか。

日本では晴れ渡った日を「日本晴れ」と言うように、今韓国の晩秋の空はさんざん泣いた直後のような碧空または蒼天そのものです。

地上のどんな欲望も、この碧空の下では「無為」にならざるをえないのです。

あなたに浮かべていただいた鈴の音あるいは鐘の音がまさにこのような空間に染み込んでいきます。なぜならば碧空の中に吸い込まれるように鳴って、それがまもなく一つの「消失点」になり、あるいは最後の言葉で刻まれては永久に消えることによっていっそう見慣れない新しい「寂静」になるからです。

実に久々にリルケの詩の中の鐘の音やヘルダーリンの鐘の音、いや、ジョン・ダンの鐘の音などが浮かんできました。

長い間誰も鳴らしたことのない沈黙の鐘は自分で響かせます。それで鐘に近づいて耳を澄ませばその遥かな鐘の音の実在と不在を同時に聞くことができます。詩人の耳には沈黙の中から一つの鐘の音を引き出す義務があるのかもしれません。

こんな晩秋の午後、あなたのお手紙を読みながら私自身が清澄な風景の一部になることができました。

沖縄に行って来られたことを聞き、あなたと私は沖縄でも先になったり後になったりしつつ、噛み合って輪を作っているような気がしました。また魂の双子という気がしてならなかったのです。この前の二月に私もあそこに泊まっていたのです。アメリカの詩人のゲーリー・スナイダーからそこで是非逢おうと言われ、またそこでの「文学・環境学会国際シンポジウム」の主催者の山里勝己教授らから招かれ、「アジアの自然と文学」会の発足と詩の朗読会にも参加させていただきました。

あそこで韓国に向かって北上する台風に出逢ったあなたが台風の中で髪をなびかせてい

らっしゃる姿を想像しながら、私もあなたと一緒にあそこの辛口のお酒を飲みたいと思いました。

沖縄と沖縄の平和を唄うあそこにいる詩人、川満信一さん、高良勉さんのうそのない顔との友情も、あなたと一緒ならどんなに嬉しいものでしょうか。

あそこは毎年何度も襲う台風の甚大な被害にびくともせずに生き残る、不滅の弧です。あの厳めしい屋根、石垣そして首里城の城壁とそこに住む女たちの「心性」は、何ひとつ台風という暴力に対する忍苦からかけ離れているものはありません。しかしこのような事実は、大した事としてあるのではなくて、そこではただ、日常の無名の行為としてあるのだと思われます。

今年韓国の東南部を強打した台風によって多くの命が失われ、甚大な損害がありましたが、この悲劇から今も回復していません。今一度、沖縄と朝鮮半島そして日本列島が一つの台風圏の中にあるということを確認することになりました。台風の始まりとその消滅という自然現象は、何処と何処とを隔離させたり遮断させたりすることの出来ない一つの運動体であるということを再び気付かされたのです。

過去の琉球は、フィリピンのルソンとジャワ、マレーシア、ボルネオ、インドネシア、シャム、ベトナムそして東部・南部沿岸部の中国や台湾や朝鮮半島や西日本などの間の架け橋であり、この地域の国際的な中心地でもあったのです。

大胆に言いますと、そこは近代国家の否定的な要素に勝る古代的共同体の自律社会の開かれた美徳を根本にして、様々な地域の文化と「物産」を交流させる海商の舞台であったのです。十五世紀頃、韓国から仏教の経典が筏に乗って琉球に辿り着いたこともあります。またあそこの王子が帆かけ船に乗って潮に流されるままに韓国へ渡ってきたこともあります。

琉球の宮中舞踊の一つであるかせかけでの五色糸は韓国から渡ってきたものだと、あそこの長老作家がほのめかしてくれたこともあります。そのような場所で沖縄の原住民と朝鮮人の徴用者と慰安婦らが太平洋戦争の末期に虐殺された事実も忘れられません。そしてまたその植民地時代に、共に日本の抑圧を受けながら生を送る、ある沖縄の青年が朝鮮の独立のため革命家になる過程が描かれた小説『太白山脈《テベクサンメッ》』では、時代の同質性まで作り出しています。

このような関係の発展がどう沖縄と韓国との間だけに限られるでしょうか。長い間、東北アジアの国々は、近世や近代の「陸地の国家主義」の体制が作り出す閉鎖性がいかに度量の狭いものかを十分に証明するほど開放されていたのです。

　海はかつて全ての地域が自由に集まり、別れる広場でした。経済的には市場でありました。例えば、F・ブローデルの地中海史観や、最近日本史学界で例外的な路線を行く網野史観が堂々と述べているように、開かれた海と海の沿岸の全体を網羅する「多者の歴史展開」こそある一国の利己主義や排他主義そしてレベルの低いアイデンティティを乗り越える未来への無限の可能性を秘めているのです。その発想に魅せられた私は、網野善彦さんの『「日本」とは何か』の韓国語版の出版を勧めたことがあります。藤原良雄社長と慶應大学の野田研一教授からいただいた本が、韓国語の翻訳のテキストとなったわけです。

　六〇年代のある日、私は韓国の南の鎮海《チンヘ》湾にある海軍大学を訪れたことがあります。講演会に招かれたのです。六一年の軍事クーデターで権力を掌握した朴正熙《パクジョンヒ》は、七〇年代の末に暗殺され、八〇年に新軍部であった全斗煥《チョンドファン》と盧泰愚《ノテウ》、両高級将校が第五代大統領、第六代大統領に就任しました。この二人は、当時その海軍大学の生徒でしたが、私はあとでこの二人から政治的な弾圧を受けるなど、「悪縁」があったのです。

　講演の後、海軍大学が出してくれた船に乗り、南海一帯の海を遊覧しましたが、その時鰯漁船からある歌が聞こえてきたのです。網を引き上げる重労働を、何人かの漁師が歌を歌いながらこなしていたのですが、その歌の音頭に「セノヤ」というのが出てきます。何の意味もない「虚辞」ではありますが、ソウルに帰り、お酒仲間の音楽家と飲んでいる時に、即興でその音頭を取り入れて作詞したのが曲となり、今も人々に歌い継がれています。

ところが、九〇年代の初め、福岡へ行った時、そこの海辺でも「セノヤ」に似ている漁師の音頭を聞くことができました。もしかしたら韓国と日本のみならず、中国の東沿岸の上海一帯や江省・福建省の沿岸地帯にも似た音頭があるかもしれません。

私は、中世まで宋や台湾、高麗そして、鎌倉時代の日本などの各地を自由に行き来しながら海の舞台を彩っていた東北アジアの海上生活を追体験したいと思っています。実際に韓国のある歴史学者は筏を作り、東支那海から韓国の西海《ソヘ》の踏査に成功したことがあります。上海付近の舟山列島や古港の寧波のほとりで「セノヤ」という漁師歌の音頭がそこの中国人の漁師からも聞けたらと思います。

なぜならば、古代東アジアの世界は、近世や近代の陸地中心主義による加害者と被害者としてではなく、海が生活の中心になり、その海の沿岸国家が開かれた存在として一つの交響楽のような関係を保っていた時代が、これから東北アジア、または東アジアの新しい関係を展望する上で大きな「典範」になることを信じるからです。

事実、朝鮮半島中世の高麗は、滅びた古代百済の遺民が唐の軍隊の戦利品として連れて行かれ、中国沿岸の漁業と山岳地帯の銀鉱の採掘に投入され、海の生を送った末裔が建てた国であります。高麗の太祖である「王建」の祖父は中国の南東の島である舟山列島の海上貿易人ですが、後に高麗の首都となる開京《ケギョン》の港に上陸して、そこの女に出逢い一夜を過ごしてから帰りました。その女が息子を生みました。彼がすなわち王建の父であったのです。開京の貿易港には宋人、日本人、そして南方人はもちろん、西域（アラブ）人も出入りし、帰化しました。まるで唐の首都の長安で詩人の李白がペルシアの女が注ぐお酒を飲んだように、高麗の商人も「胡姫」の注ぐお酒を飲み、また高麗の女がアラブの男と情を交わすこともいくらでもできたのでした。

高麗歌謡「双花店」には、ギョーザ屋さんの妻がアラブ人の回回男《フェフェアビ》と情欲を解き放つ露骨な話が出てきます。要するに国、民族という境界を越えた逸脱と自由がそこにはあったのです。

吉増先生、今回は詩の広さと歴史の広さ、そして生の広さに焦点を当てるという意味をこの手紙に込めたいと思います。

子供の頃、海、地図や地図帳は、奥まった山村で育った私の夢でありました。あなたの美術・音楽、そして写真などの造詣の深さに感心している私にも画家を志望していた時期がありましたので、いっそうあなたに芸術的な同質感を覚えるようになったのではないかと思います。韓国戦争（朝鮮戦争）の直前まで私は中学校の美術部に入っていて、放課後には絵を描いていました。

私はいつも「去りゆくもの」を描き続けました。飛んでいく雁の群れの夜空、あるいは汽車、海の水平線に浮かぶ船、とりわけ嵐を全身で受け、帆をぱんぱんに張った、危険の迫った船とその船を飲みこんでしまいそうな激浪を描く時、私の鼓動は速まりました。あのイギリスの浪漫主義者のメアリ・セリーが描きだす北海の怒涛がその後どれほど好きになったか分かりません。

父は私の絵を見て怒りました。「お前はなんで人々が安らかに暮らしている家や町の風景は描かず、どこかへ去って行く汽車や船、そして遠くまで行く渡り鳥なんかを描くんだ！」そんなお叱りの後、何度か家や学校の校舎も描いたりしましたが、私の筆はいつの間にか物事の移ろいに思いを馳せていました。

同時に私には、地図が一つの救いでありました。日本と同じ赤い色をつけられた朝鮮半島の外側にある、オレンジ色の満州や黄色い中国、それらを見ているうちに、太平洋戦争の戦場であるソロモン諸島、ラバウル、ブゲンビル、ガタルカナル、あるいはフィリピンのレイテ島やサイパンなどが点在している太平洋のどこかへと私の視線がとどまっていることがよくありました。

満州の野原の馬賊、あるいは抗日遊撃隊の金日成《キムイルソン》の話やモンゴルのゴビ砂漠、そしてシベリアの吹雪とバイカル湖……。こうした場所は私の想像の「震央」になるに十分でした。そのうちに私の心はドイツや地中海、アイルランド、南アフリカの喜望峰やアルゼンチンにも向かっていました。母方の田舎に行ってきては、町の子供たちに自分は南部ドイツへ行ってきたと平気で嘘をつきました。今にして思いますと、ドストエフスキーの泊まったドレスデンやワイマール地方ぐらいに当たるのでしょう。

このような少年期の夢が、今日の開かれた世界への渇望へと「生長」したのかもしれません。私は一二時間、あるいは一五時間飛行機に乗っても、時差ぼけはほとんどありません。それに飛行機に乗りますと、子供のように楽しいのです。たまった執筆をしたり、また閉じていた本を持っていって読んだり、ワインを飲みながらぐっすり休める幸せがあるからです。ある寂寥とした山村の「匿名性」にも魅せられますが、海へと続く道や海の彼方にある未知の港への、不慣れな体験に対する不安な期待こそ、私には一つの宿題となります。要するに過去より未来の方に傾いていて、その未来がすなわち未知のすべてに当たるわけです。

海はそのような私にとって、自分が行くべき場所へと続くすべての道が走る広場であり、迷路であり、時には自分をまよわせる磁場でもあります。

おそらくこうしたことが、今日の私を一国史観でなく複合史観や沿岸と流域または地域の連帯の論理に向かわせるのかもしれません。将来的に、これまでの覇権的な世界史の矛盾に打ち克つものとして世界連邦が実現されるに先立って、その前段階としての地域連帯はすでに進んでいます。ヨーロッパ連合はすでに一つの貨幣を使用しており、もうすぐ一つの憲法の胎動が始まっています。新しいEU憲法では、彼らの根本であるキリスト教の神はまったく前提とされていません。

今後、こうした統合共同体や国家連帯の夢が、アフリカ団結機構においても、実現されないともかぎりません。ラテンアメリカ文学の荘厳な原色が、現代世界文学の現場で、西欧文学を追い越しているという希望そのものも、西欧と土着の「混融」によって獲得された彼らの創造的な力量によるものと信じます。そしてそのような文学の力は孤立しているのではなく、政治と社会の新しい力も同時に予示するのだと思います。

東北アジア、あるいは東アジアの開放と共存の枠組もまた空論ではないでしょう。囲碁で言われる「東洋三国」は娯楽の交流だけにとどまらない自我拡大、または自我複合という、いっそう大きなレベルの文化共有を意味するのかもしれません。ですから文学の東洋三国を想定してみたいと思います。

あなたと私が兄弟化していくように、私は中国の現代詩人の一人が、われわれと情緒的な絆をつよくして行く詩の友になることを期待しています。ベトナムも例外ではないでしょう。

ところがすでにすべての可能性は始まっているのです。こうした現実の中で、中国にアジアの意識の種がどれくらい撒かれているか知りたいと思います。これは華僑を土台とした中国の経済活動が日本を凌いでいるなどという話とは別の観点です。

現代史以前の長い間、中国は中華意識ばかりで、その周りを従属させていました。それは古代ギリシアが周りを野蛮の地と貶《おとし》めたのを遥かに越える中国中心主義でありました。天子の下、域内諸侯と域外諸侯を配置して周りを夷や獣に喩えてきました。

中国の意識と無意識にはこのような中心部の傲慢が入り込んでいます。中国の「中」がまさにそれです。ここに今日の中国が新中華主義を標榜する可能性も十分読みとることができます。すでに中国は朝鮮半島の北方の大陸である古高句麗を朝鮮史でなく中国史としての位置づけを強化しつつ、高句麗の古都や遺跡地などを中国の古代辺境国として編入させています。

その文化遺産を中国の文物としてユネスコに登録するための事前準備を終えた段階です。確かなことは、古代社会で高句麗と百済は単一血統の世系を保ち、何よりも一つの言語で生き、そしてその言語は新羅後期の韓国語に帰着するということです。そうした事実について中国は古代の政治、社会、文化の実情を歴史的に歪曲しています。古朝鮮扶余《コチョソンブヨ》の古代朝鮮族までも中国の一部だと無理な主張をしているのです。

また、日本も過去のアジア侵略に対する歴史の清算を拒否しています。第二次世界大戦後、今日に至るまでドイツは徹底した自己反省により現代世界史の名誉を得たのとは違って、日本の歴代保守政権がなしたのは、たかが天皇の儀礼的な修辞である「痛惜の念」だけでありました。

ドイツの作家のギュンター・グラスが去年来韓した時、「日本は韓国に対して義務を放棄している」と指摘していたのですが、日本の過去に対する真面目な反省が続く時、将来「東洋三国」という共生の倫理がうまく成り立つことでしょう。これは日本の長く続いた脱亜論が別の方向に向かって克服されるのと同時でありましょう。

日本がアジアの中で本当の友を得る道はここから始まります。日本が市場開拓のためスリランカの首都の国際空港や国会議事堂を建ててあげたり、中国の内陸部の敦皇鳴沙山の入り口に日本風の建物を建ててあげることでは、アジアの友誼を買うことはできません。

私は韓国においても、今、抱える様々な問題について、それらが歴史的に解決されることを重要視しています。政府レベルの賠償ないしは補償の要求や民事訴訟レベルの請求のような法律上の解決を越える方法を考える余裕が必要です。日本のお金より日本の心こそあの残虐な侵略時代の悪業を反省することを信じるからです。戦後中国の蔣介石が日本の蛮行を忘れないが、そのことで日本に何かを要求はしないと言ったことを思い浮かべます。

このような気前のいい発言の前に、日本は古いお城のひとつでも売って韓国、中国、東南アジアの人々にやるべきものはやり、反省すべきことは反省するといったことをして、それがどうして今日の日本にとって屈辱となるでしょうか。戦後のドイツは現在、ヨーロッパ連合を主導しているではありませんか。

歴史は現在の陰であります。この陰をなくした所で、東北アジアの生と文化は、近代以前の長く続いた普遍性とわれわれの自身でつかみとる共通性と多様性が出逢う舞台芸術となるはずです。

吉増先生、あまりにも非文学的な話になってしまいました。このような話が今回の手紙のあらすじになるとは思いもしませんでした。海への夢想がここにまで至ってしまいました。

古代と中世の東北アジアの海！

その海は他国に対する警戒心から離れ、お互いの生を交わす道であり、隣と隣の距離を最小化する場でありました。紀元前四世紀、釈迦の伝法が梵語でなく国際商用言語でなされたように、東アジアの海の言語もまた漁師歌の音頭が同じであるように、海の上でお互いに約束したコミュニケーションの方法が存在したことが分かります。

私は、このような海の時代が文学を通じて切り開かれるようになることを望んでいます。古代韓国の詩歌「箜篌引《くごびき》」が唐の天才詩人である李賀の詩「箜篌引」のきっかけとなり、唐へ渡っていった新羅の王子である金地蔵《キムジザン》の道徳を誉めたたえた李白の詩があるように、韓国や日本の昔の詩人に、唐、宋の「句律」と「賦」が与えた影響は実に大きなものでありました。

また近代文学において、日本の西欧文学の受け入れが韓国や中国に波及したことはよく知られています。私は仙台の東北大に留学した魯迅の軌跡と出逢ったことがあります。中国の現代詩人の郭沫若も日本とかかわっています。韓国の現代文学を手がけた少なからぬ詩人が日本に留学していたことも覚えています。

それが幸福なものであっても、あるいはその反対のものであったとしても、このような関係を前提にした今日の東洋三国の文学が実在していて、この実在を成り立たせるものが、海の上の文学を志向させているのです。

東北アジアの公海上に浮かんでいる船の上で、東北アジアの詩人らが一緒に詩を詠む時、その公海の波の音は祝福のような背景音楽となってくれるでしょう。

こういう詩祭を想像するだけでも、私の胸は「海の華厳」というイメージでいっぱいです。われわれの乗っている船の艫のほうへ広がっていく水煙を眺めながら、われらは自分たちだけのものである陸地ではなく、みんなのものである海の大きな魂を謳歌するはずです。

その海で雄渾な日没とともに、われらのやつれている顔を壮麗に染めたいと思います。夜が来ますと、あの真っ暗な海の上の空に広がる星がみんなの星となるでしょう。肉眼で見える三千個の星と地球上の三千個の国語は、その闇の中で星と言語との「合致」を実現してくれると思います。

何年か前、無謀にもヒマラヤの六千五百メートルまで登ったことがあります。そこでも平地より星がはるかに大きく輝いており、そこでは肉眼でも八千個以上の星が見えるという話を、チベットの僧侶から聞きました。

吉増先生、あなたと私、そして中国やモンゴル、ベトナムの詩人らといつかそこへ行って、われらの失われた八千個の国語と、八千個の国語で書かれた詩編をみつけられるかもしれません。

つい最近、日本語の詩の優れた翻訳者として知られた韓国の日本文学研究者――正岡子規を専攻した――が、あなたの詩集の翻訳を終えて、もうまもなく出版の予定です。「今日の世界詩人たち」というシリーズとして、フランスのイヴ・ボンヌフォア、アメリカのゲーリー・スナイダー、スウェーデンのトマス・トランストロメル、そして日本のあなたが、第一回配本としてお目見えするのです。あなたの韓国語版の詩集が出たところで、下関か釜山あたりで待ち合わせて、祝杯をあげられたらと思います。

数日後には、京都の岡部伊都子さんが拙宅へいらっしゃいます。

吉増先生、詩はわれらの時間と空間をわれわれより先に行き来します。ご健康をお祈りします。


（崔世卿訳）

〈往復書簡7〉

薄い灰色の吐息の世界

吉増剛造

Yoshimasu Gozo

恐らく、ある種の結語であるような、「海の華厳」をわたくしに送って下さいました高銀先生へ。なによりも、「芯」よりも、「中」よりも深い、「華厳」、「海の華厳」、それは、高銀先生、「僕の、……弥勒」の像の立つ場所なのかも知れませんですね……。今回の手紙は、そして、さらに、なんとも名状のしがたい、もうひとつの自由さへのうながしによって、きわめておそらく異例のものになるでしょうこと、それに漠然とした不安――「不安」を韓国語のおとで聞こうとして、旅先に運んできています『韓日小辞典』のページを繰りましたが、みつかりません――を覚えております。不安、不安定、波打つものの騒ぎ……。名付けられないものに逢ったからでしょう、手をやすめて、『韓日小辞典』に、手がふとのびていたのかも知れません。

て［手］① 손［son：ソン］

ふと、手を『韓日小辞典』にのばして、ひらいたページの香りたつ言葉を、しばらく舐めるようにしている仕草を、幼い仔犬か子猫のピンクの爪かに、たとえたくなっておりました。あるいは、子猫のピンクの爪のひかりをかりて、その爪のひかりを、通路（かよい

じ）にして、高銀先生（の眼）が、獄の一室のつめたい床に顕現された、「面子《めんこ》（딱지《タッジ》）」が、おそらくもう、わたくしの愛するひと、恋人の俤に似て、脇から、そっと顕（た）ってきていたのかも知れません。あるいはこの小さな驚きは、早稲田大学政治経済学部の「高橋世織先生の大教室」で、「朝鮮の面子（딱지《タッジ》）」を、色々の折込み広告の紙で、手づくりし、早稲田大学の教室にはこんで、わたくしたちの掌にのせるようにと考えて下さった、崔世卿さん、尹恵賃さんの若い女性たちの想像力あるいは生活感覚の細部をおもう力に、あるいはさらに未聞の想像力の未来の力に由来していて、それが、これまで消えてしまっていた、奥の（隅の）深い世界に灯（ひ）をともしていたのかも知れません。そして、高銀先生、これはおそらく別種の手［손 son：ソン］の隠されているちからなのだと思います、たったいま、〃色々の折込み広告の紙で、……〃と崔さんたちの手先に思いをやって、書いていますときに、この〃色々の折込み……〃に、高銀先生の「雑巾（「ぼくはぞうきんになりたい」）」が、〃色々の（糸の）、……〃、高銀先生、これが縁——①（関係）관계［kwange：クァンゲ］（縁故）연고［jɔngo：ヨンゴ］②（因縁）인연［injɔn：イニョン］③（縁側）뒷마루［twi：nmaru：ティーンマル］——なのでしょうね、「ティーンマル＝縁側」にも、驚きつつ、面子（딱지《タッジ》）の、スーパーの広告の紙が、布（ぬの）に、姿を変えて立ちあらわれて来ていました。小辞典にはないのではと

思いながらひきますと、

ぞうきん［雑巾］걸레［kolle：コルレ］

これはこれは、いったい、なんということでしょう。ホーッと、自分でも聞いたことのない、吐息、溜息、嘆声が、ここには混（まざ）っているのが感じられて、自分で発（は）っしているのではないのに、その吐息が、……この身に、しばらく纏（まとわ）りついているのではないかという気がしていました。おそらく、こうした仕草は、深く、反コンピュータの思いに根ざしている、遠くて近い、誰かの思いの一部分のものの顕現のようなのでしょう。ふと、高銀先生の詩中の微物の痕跡の小声に耳をかたむけつつ、「反コンピュータ」などと、普段は口にしない言葉が口を衝いて出てしまいました。おそらく、それを口にしようとしたのでしょう誰かの思いの底は、もっともっと、傍（かたわら）に淋しそうにしている、夢の古い通道（フロイト）を、あたうるかぎりの遅さで辿れ、……という小声を持つ者からやってきていたようにも思われます。「眠っている人間が五感を取り戻してくるように、……」（エドモン・ジャペス）、高銀先生の詩の地面から、路傍から木蔭から息遣いから、思いもよらない詩の道を辿ることになった、わたくしのなかの誰かが、そっと、「高銀先生、……」と、声をかけているようです。

いきづかい［息遣い］숨 결［suːmˈkjɔl：スーム キョル］

こんな「通道《みち》」を、とおっては（漢字で変換、コンピュータ風に、してみますと、透《と》―尾《お》―手《て》かしら）いけませんのでしょうね。それにしても、初めて通りかかった、この［息遣い、숨 결 スーム キョル］は、もう、どなたもの母語での、発語を耳にしなくてもよいほどの、なんといったらよいのでしょうか、途方もない喩で申訳ありません、しばらく考えていまして、言語の怪物の〝開かれた海〟＝〝閉ざされた海〟に（この「いきづかい＝スームキョルによってです）、その二つの渦（うず）に、一息に呑まれてしまうような気がしていました。

＊

高銀先生、「海の華厳」、『環』前号のおたより、ありがとうございました。先生の大作『華厳経』（邦訳御茶の水書房）をさらにさらに心読し、ところどころの光や景色が、みたことのない岬や渡し場、南アジアから東アジアへの音楽が鳴りひびき、ヒッピーやビートの作家たちとも通じ合う、これは、稀な「足音の作品」ともいうことが出来る筈とひそかに考えていましたので、このあたらしいおたよりの「海の華厳」の壮大な、……しかし手をのばせばふれることの出来ます生々としたヴィジョンは、ことのほかうれしく、深い未来と過去への汐と渦（うず）を見詰めながら読んでおりました。

高銀先生との出逢いと、この往復書簡によって、思いがけないところに、導かれつつあるのを感じています。〝雑草のような、……砕かれた未来、……〟が、その貌（かお）を、海の大地にも、雑草の隙間からその貌を、のぞかせはじめたのではないのでしょうか。（高銀先生には、こうした吐露が、どうしてこんなふうにもしやすいのでしょうか、……）、〝雑草のように、砕かれた未来、……〟などと、もう咄嗟に、造語（の運動をとめないように）していました。〝雑草のように、砕かれた未来、……〟という言葉は、醜く罅（ひび）われた、何処かの土台から、生い繁りのびて来ているものらしいことに気がつきます。わたくしもわたくしの言葉を亡してしまいたい。しかし、〝雑草のような、……砕かれた未来〟も、醜く罅（ひび）

われた言葉の土台も、その言葉を亡したいという願いもまた、あるいは、おそらく、高銀先生との出逢いの〝夢の古い通道〟に、ですけれども、本当に、ここをだけ、適地として、伸びてきたものなのかも知れません。高銀先生の『華厳経』の幾つか、海辺や渡し、岩間や草叢（くさむら）の場面（シーン）が、脳裡に一種独特の手ざわり、触手をともなって生々と蘇（よみがえ）ってくることを、わたくしはしばしば経験していて、その経験による暗示というよりも、その〝励まし、促（うなが）し〟——英語の辞書で、*"encourage"*を見て、この言葉を使いましたが——その促しの力によって、高銀先生のいわれる「開かれる海」（——海はかって全ての地域が自由に集まり、別れる場所でした。経済的には市場でありました。例えばF・ブローデルの地中海史観や……網野史観が、……）そして、あの「閉ざされた海」にも、わたくしは触れえていて、……〝い触れ〟ていたのかも知れません。万葉人《びと》のようにして、ふと*"once touched"*の、い＝接頭語を、未来へと、吃（ども）って、そして呟（つぶや）いて、その音を、ふっと口先に、吹きだすようにしていましたが、きっと、古朝鮮語との架橋（海や汐や渦や渡しのかけ橋）は、こんな汀（みぎわ）や波止場に、人の呼気-吸気とともに、ひっそりとねむっているものなのかも知れません。これも高銀先生が、『もすめ』から『むすめ』へ」で、啓示して下さったヴィジョンでした。

はとば［波止場］부두（埠頭）［pudu：プドゥー］・선착장（船着場）［sɔntʃ$_{h}$a$_{k}$ʒaŋ：ソンチャクヂャン］

はや、夢のなかの波止場では、……いや、夢のなかの波止場を、はや通りすぎて行ってしまうようにして、この原稿は、（出来れば、再《また》、フジワラさんにお頼みをして、フネで釜山へ、そして木浦《モッポ》へ、そこで）、何処か簡素な舟宿がみつかりましたら、そこ、木浦《MOKPO》で、一週間か十日、黄海上に散らばる数百の島々を、地肌に幽かに焼きつけるようにして書きたいものだという夢を持ちつづけてはいたのですが、もうそれはほとんど想像と夢のなかで、もはや、出来てしまっているような気がいたします。いつの日にか「閉ざされた海」の宿に。いつもそのことが、こころというものの境域から離れようとしないということを、幽かな証しとして……。なんでしょう、「海の子」の口には、こんな感じも含まれているのでしょうか、小海老を砂（すな）とともに噛んだような思い出も。いま、これも咄嗟に、蕉翁の句の口中の触感を思い出していましたが、先師ばしょう翁（芭蕉）を、木浦までもお連れしたかった。これは、壱岐《いき》島で客死しました、ばしょうさん、生涯の連（つれ）、曽良（河合氏）の心中の声を、わたくしが記憶に縫い合わせるようにしてみたものでした。『地中海』（フェルナン・ブローデル、浜名優美訳、藤原書店）を、わたくしも旅先にはこんで来ていまして、今日（3／20）、明日（3／21）の宿は、奄美の南端のシマ、加計呂麻島です。

かげろう［陽炎］아지랑이 [adʒiraŋi：アジランイ]

加計呂《かけろ》、この島蔭に、もう六十年も昔のことになります、「震洋」といいます特攻隊が、息をひそめるようにしてひそんでいた入江が、呑浦《ヌンミュラ》といい、わたくしはこの傍の浜（ズリ浜）に宿をとっています。木浦《モッポ》ならぬ呑浦《ヌンミュラ》で、高銀先生が触れられた、名著『地中海』のこんな個所を読むことは、ここは（きっと木浦《モッポ》も）まことに適地といえるでしょう。仏蘭西語ではどんなニュアンスをともなって響いているのでしょう。仏蘭西語、伊太利語が判らなくても伝わってくるような気のする、フェルナン・ブローデル氏が口にしているらしい、この「いろいろ」「さまざま」が、島蔭を、陽炎を、浮きたたせます。

……地中海は〈ひとつの〉海ではなく、「海の複合体」なのだ。いろいろな島があり、いろいろな半島で切断され、さまざまな海岸に囲まれた海から成っている。

（フェルナン・ブローデル『地中海』序文）

「東海」もまた、このように、色々の島蔭とさまざまの、漁師さん海女さんの声の響く、そう、この「さまざまの海岸」が、パウル・クレーの作品にもありましたが、海と浜辺の縫目―文様を想像することを、……ながいあいだ、それを忘れてしまっていた、……そんな気がします。この〝切断され〟が、特別の思いを、……。高銀先生、――。

かいがん［海岸］해안 ［hɛ：an：ヘーアン］
かいきょう［海峡］해협 ［hɛ：hjɔp：ヘーヒョプ］

こんなにも、鮮かな冴えわたった音楽が、持参しました『韓日小辞典』の真白いページに、その戸口を叩くようにして浮かんで来ていました。いま、このときにはじめて顕（あら）われ、そして、一瞬にして立ちあがりつつ消えて行くフシギなこれは音の波、……なのでしょうか。言葉もまた、そうした顕現‐消失の界に、差しかかりつつあるのではないでしょうか。高銀先生、今回のこのおたよりでは、ある報告とその感想を、……それがはたして、わたくしにいえるのかどうか、この手紙のはじめで口籠ってしまっておりましたが、それをしてみたいと思っておりました。過日、稀らしい対話とトークの夜（二〇〇四年二月二十五日）が、市ヶ谷の日仏会館で催されました。若きマダガスカルの作家ジャン＝リュック・ラハリマナナ氏とキム・シジョン（金時鐘）氏が招かれまして、「植民地史を書く――マダガスカルと朝鮮半島を巡って」という標題のもとに、司会進行を、丁度、『応答する力』（青土社）という、非常に力の籠った書物を上梓されたばかりの思想家、ジュネ、デリダその優れた翻訳者でもある鵜飼哲さんが受けもたれての会でした。はじめて経験します、これも稀らしいアジアからアフリカへの海上の道に浮かぶ大島（おおしま）のマダガスカルの、奥深い地霊の声の生々しさ、色とりどりの豊かさにも舌を巻きましたが、ときのたつのを忘れてでしょうか、キム・シジョン（金時鐘）氏が、咄咄と、若きころ「南労党（南朝鮮労働党）の若き党員として、済州島四・三事件を身をもって体験した」（金石範氏との対話、平凡社刊）の、その日の朝の、（とたしかおっしゃって話しはじめられていました、……その刹那に、なにかが変ったようにわたくしは受けとっていました。それは、高銀先生が、「もすめ」から「むすめ」へ……といわれた、あのときの発語の呼吸に、通じていたのだと思います、……）記憶が顕（た）ってくる、その記憶のものたちの匂い、色、触手に、あたうかぎり忠実な、……と聞き手に、刹那にそうと判る、キム・シジョン（金時鐘）氏の話に、深くうたれておりました。「深く、……」とは、おそらく瞬時にして、わたくしの「夢の古い通道」にも、済州市の朝の街路に、二台の重機関銃が据えられ、わたくしのユメにも、僅かに硝煙の匂いか音がしたことによって、そうか、こうして「深く、……」、キム・シジョン（金時鐘）氏の、経験を読んだということでした。プルーストの頁を読むようにして、キム・シジョン（金時鐘）氏を、読んだのかも知れません。幾通りもの、いろいろ、さまざまの読みの「通道」があって、そこにまで赴（おもむ）くことを、わたくしは自分に非常な自戒と自責の念を込めてですが、それを怠っていたということを痛感しています。赴くは、面向《おもむ》くなのでしょう。僕の『韓日小辞典』にはその項目がないのですが、……。

高銀先生に、お知らせ、……というのも変なのですが、なんとかして、わたくしたちの大切な詩人のお耳に入れてみたいと思いましたのは、キム・シジョン（金時鐘）さんの、わたくしにははじめてきく吐息、……のそっと浮かび出るのがみえてくる、こんな言葉の姿、佇いでした。

……私にやってきた植民地、……は、いともやさしい、……わらべ歌であり、唱歌であり、滝廉太郎の「花」や「荒城の月」でありました。

……情感ゆたかな日本の歌は私の体をすっぽり包みこんで、なんの抗いもなく私を、……人間が変るというのは、……日常次元のやさしい気持のなかで、そうあってはならない人がそうなってしまうのですね。

（「今、居る場所」『金時鐘の詩――もう一つの日本語』より、引用者の責任で、ところどころを、スキップするようにして、そして、傍点を付けながら、引用をしています。）

高銀先生。キム・シジョン（金時鐘）氏の、このはじめての薄い灰色の吐息の世界に、しばらく生きてみたいと思いつつ、わたくしは、東京の市ヶ谷の日仏会館でその声をきき、いままた、まったくあたらしい呼吸音の聞こえる宇宙を、こうして読むように書きうつしながら、……これは、おそらく、途方もない難路でしょうし、あとにつづくといわれても、キム・シジョン（金時鐘）氏は、きっと当惑なさるにちがいないのですが、ここに来るべき道があることを、わたくしはほとんど確信しておりました。これも、また、高銀先生が開いて下さった「道なき道」の、ヴィジョンです。「海なき海」の、ヴィジョンです。

うすい［薄い］① 얇다 ［jal'ta：ヤルタ］

はいいろ［灰色］잿빛 ［tʃɛtpit：チェッピッ］

「薄い灰色の吐息の世界」に、ある、どうしてもこれがなくては生きることの出来ない、「狭(せま)さ」を、わたくしは含意させていたのだと思います。(せまい［狭い］좁다 ［tʃop'ta：チョプタ］)。

キム・シジョン(金時鐘)氏のあたらしい詩集の名には、『化石の夏』という題がつけられていました。「化石」のなかの、薄い灰色の玉のような、ナツ(夏)ですね。高銀先生、いつも異例のおたよりのお詫びを。今回は、とくに。でも、そうさせてくださるみえない稀有な力に、変らぬ深い、大きな敬意を。

〈往復書簡8〉

人間としての風景

高《Ko》銀《Un》

パニック
'00 8 23

吉増先生、あなたの韓国語訳の詩集はお受けとりになりましたでしょうか。

在日韓国人の詩人とマダガスカルの作家の話をなさったあなたのお手紙を読んでから植民地期の韓国人、特に在日韓国人の生と西部インド洋のマダガスカル人の生に対する遠雷のような痛みを今さら繰り返して考えさせられました。

植民地ということは未だ記憶しておかなければならない世界史の矛盾です。

韓国の遠洋漁船の船員がたまに上陸することもあるマダガスカルとその北の海に九十個の島で散っているセイシェルという小さい島国までも思い出しました。なぜならばセイシェル共和国は一九八〇年五月に韓国の新軍部の全斗煥《チョンドゥファン》一味が光州《クァンジュ》民主抗争を虐殺で鎮圧した事態に対して、こんな野蛮な国である韓国を国家とは認められないと言って断交を宣言したことのある国だからです。

その海の向こうにアフリカ大陸があります。人類の発祥地であり近世以来の最も苦しい人類の現実として残された所です。アフリカの悲劇は早くからフランツ・ファノンの熾熱な理論によって一層生々しくなったところがあり、またそれは植民地の宗主国の言語が土着民の部族語という母国語をいかに殺すかについての証言でもあります。

こんな地域での言語虐殺はアルフォンス・ドーデが『最後の授業』でフランスのアルザス地方がドイツ語圏に替えられる悲劇を涙ぐましく教えてくれることなどをむしろ贅沢なものに思わせます。

例えばセネガルのウォロフ語は学校でも厳禁される部族語ですが、このような言語弾圧政策はおおよそ四百年の間、続けられたものです。それにもかかわらずその部族語は必死に継承されながら家庭でこっそり教えられてきたのです。今日セネガルの詩人はまさにそうした言語で詩を書いています。

私の出会ったアフリカの詩人の一部は、彼らの宗主国で活動しています。そして彼らの作品も宗主国の言語であるフランス語や英語であることが多い。しかしそうでない詩人もいます。

例えばサハラ砂漠で生まれた南フランス住まいのある詩人は、詩はベルベル語でのみ書き、フランス語で講義をしています。サハラ砂漠の原始的とも言える人間の喜怒哀楽が魂の呪術として拡がって現れる彼の詩は驚くべきものでした。

しかしサハラ砂漠の一帯はそこから懸け離れている東北アジアのゴビ砂漠の一帯と決して断絶しているのではありませんでした。それどころかそこはあまりにもモンゴル地方と血縁的でした。満洲族や韓族のおしりに染みる蒙古斑が地中海の南のサハラの一帯のベルベル族やその他の北アフリカの部族にもあり、それだけでなく南フランスの一帯にも三角形の蒙古斑があるそうです。両砂漠の人びとは大昔から血の通った文化を共有しているのです。サハラのらくだ乗りはゴビのらくだ乗りに由来するとも言われています。勿論ひとこぶらくだとふたこぶらくだの差はありますが。

吉増先生。

砂漠とは最高の隠喩かもしれません。

上古のサハラはこんもりとした森林地帯だったこと、それからサハラは大きな国家でもあったことは地理学や人類学を学べば知りうる常識ですが、サハラこそ一つの精神を表わすものでもあります。

ベルベル人、アラブ人、スーダン系黒人、ムーア人、トゥアレグ人、テブ人などが広く散在しますが、彼らは砂漠の人間というより砂漠の砂一粒一粒のように自分らの生の正体を内面化します。

現在地球は砂漠を拡げています。将来人類の地獄は砂漠で表象されるかもしれません。しかし長い間砂漠は、ある人々には精神を回生しながら疲れた魂を昇華させる聖なる場所でもありました。詩人の心もまた言語を離れて、砂漠の何日間かの夜を沈黙の時間で体験する義務があるべきだったのです。

特に近代詩の場合は言語しかないし、言語の技巧しか残るところがなく、その言語の繭の中で死んでいる蚕の死体として閉じこめられていることもないではありませんでした。言語の外の世界、言語から遠く離れていった沈黙の空間こそ、故に言語の故郷でもあるでしょう。韓国の古代の僧侶である元暁《ウォンヒョ》は、依言真如とともに離言真如を掲げました。言語は沈黙の深淵なくしては、その深淵に根ざさない限り枯れ果てる人間砂漠の草や木であるでしょう。その草にゆらめく蝶や蜂であるでしょう。夜はその眠った草を見おろしている遠い銀河系の星であるでしょう。

私は来年頃にはアフリカへ行く予定です。その間リビアやエジプトを訪れたことを除いてはあまりにもヨーロッパやアメリカにばかり行っていました。これからはアフリカやラテンアメリカからさらに学ぶことを探すつもりです。アフリカの詩人らが自分らの真正性と原初的な尊厳性をのぼってくる日のように見せている詩の世界を私は真面目に迎えたいのです。アフリカの美術とアフリカの舞踊、そしてその戦慄の音楽こそ、現代世界における省察の原流となっているかもしれず、彼らの詩的可能性にも新たな敬意を抱くべきでしょう。

その間映画は、アフリカの自然を世界に知らせてくれました。しかしそこにはアフリカは存在せず、そこに君臨する植民地主義のサファリ〔探検旅行〕や西欧人らの冒険的な異国情操のために、その自然と土着世界は小道具化されています。これはカミュの小説『異邦人』の主人公が、アラブ人を何の理由もなく射殺するところでも表われる西欧＝主体、非西欧＝客体の公式であるでしょう。

アフリカの野性こそ、地球上に残ったぎりぎりの最後の真実と信じます。その自然の中には、まだ人類の根源と人類の窮極が分けられないままの太古性が隠れていると思います。その太古は過去や未来などの時間ではありません。

マサイ草原の一頭のライオンを描いてみます。その果てしない地平線を満たしている広大な落照の中でのライオンの超然な姿は、どんな宗教より優っているようです。

ライオンは百獣の王でもありますが、決して人間の貪慾などとは関係のない自然調和の品格を備えた生命体です。生態界を保たせる必要な分の餌を食べた後は腹がすいてくるまで一、二日は狩りません。そういうライオンが乾草の丘に寝そべって無念無想で遠くを眺めているのは、自然精神の荘厳さを表象しています。

一度吠えるとすべての動物が押えられてぐうの音も出ないその絶対さこそ、人間よりさらに高い段階の孤独を語ることもあります。優越なものは、超越的です。そのライオンが眺める地平線の向こうまで続く風景は人間に与えられるのとは違う次元に当るのかもしれません。いや、私のライオンの風景は風景ではないでしょう。

風景とは、ひたすら人間の視野でのみ生まれます。それ故風景の意味は、豚や蜜蜂や蜘蛛の世界でなく、人間の領域でのみ可能です。自然のある部分に人間または人間の痕跡を加える時、一層風景は風景らしくなるのです。

例えば、「初めてこの岩のところへ来た時、それは自然に成ったのではなく人手が加わったものと思われた」という小説のある文章でも、私は自然の人間化という意味を理解することができました。

東洋画の新南画や文人画で見られる自然の写生は、その画幅の片隅に見えそうでもありそうでもなく、描かれる人物や一軒の草屋によって風景の全体を構成する芸術性に至ります。韓半島の名山である金剛山の内金剛のがけの端に舞いあがるように、宙づりのように建てられた普徳庵という庵がなかったら、そのあたりの風景は金剛山の山の一か所であるだけでしょう。そこに十尋〔一尋は約一・八メートル〕に近い、支え柱一本でつっぱって立ったそれがなかったら、いかにみすぼらしい所だったでしょう。

こうしたことは、日本の仙台の近くに在る松島あたりの絶景が、その美貌の風景の中に美貌の飾りである人間の造形物が介されることによって、風景としての魅力を一層備えるのと違いません。

一望無際の砂漠こそ、その一望無際の砂漠が眺められる人間の視野によってライオンの視野を読み解くのです。それ故に自然現象や風景、それから人間の外部世界は、人間がそこに内在的に参加することによってはじめて世界は実在するのだと思います。そうして風景は、はじめて風情となります。いわば自然の中の事物と人間の心象がまとまる瞬間です。

ところでこのような風景論の後に続く人間論、つまり人間風景論も語りたいと思います。少し長たらしいかもしれません。

ある人間に対するほんとうの理解は、その人間の持つ叙事の風景を通じてなされます。人間性は人間の夢とともに成り立ちますが、人間の生きてきた歴史とともに実現されることもあるからです。人間は自分の生きてきたプロセスを通じて、生の叙事的な暗示を込めるようになるということも同時に申したいと思います。

少し前、スペイン南部のムルシアとコルドバで催された国際詩人大会に行ってきました。

アジアからの人間は私しかいず、東洋と西洋の詩人が皆集まった、という現地の新聞の記事が荒唐無稽にも思われました。

そこのコルドバの市長は、稀しくも三十代の女性共産党員でした。たいへん地味な普段着姿の彼女の歓迎スピーチは感動的でした。そして詩的でした。私はふとベルリンの濁った川に死体で浮かび上がった革命家のローザ・ルクセンブルクに彼女を重ねてみました。あいにくその市長の名前もローザでした。

そこでの数日間、私は神秘的なまでのボルヘスの未亡人とも一緒にいました。二十世紀の後半、世界文学で決して忘れることのできないボルヘスです。三回の詩の朗読で二回を彼女と一緒に朗読しました。スペイン語の朗読はともすると気早《きばや》な打楽器のたたき音となりますが、彼女の朗読は奥ゆかしいものでした。

かなりの年配ですが、まだあせていない処女のオーラを持った顔でした。どこか東洋的な乙女のようでした。アルゼンチンでの彼女の家系は単純なものではありませんでした。まず父親は日系で母親はドイツ系であり、その先はより多様な混血でした。幼き頃、両親の離婚で彼女は父親の主張通り日本に送られるかもしれませんでした。しかし母親の主張通り、母方の祖母にあずけられ育ちました。彼女の名前はマリア・コダーマ。

コダーマは日本の名字の「小玉」でした。彼女は自分の名字が小さな玉を意味することを、子供の時父親から聞いて知っただけで、日本語や漢字はわかりません。ブエノスアイレスの知的で霊的なお嬢さんになるまで彼女は本に夢中でした。そういううちに十六歳でボルヘスと出会い、秘書になってついで再婚の妻になったのです。二人の歳は大きく離れるしかありませんでした。

作家でかつ弁護士の父親と英文学者の母親のもとで生まれたボルヘスには、書斎と図書館という運命的な場所が、彼の原初的な風景の全てでした。

あの一九六〇年代のポスト構造主義の恩師で、アメリカのポストモダニズムの先駆者であり、フーコーとデリダの精神的な父ボルヘス、詩人で作家のボルヘス。彼にマリア・コダーマという魂の勝景《しょうけい》が現れたのです。彼らは歳の差を乗り越えていました。

決して背の高くない、静かな水のような目つきにしても、ボルヘスの東洋回帰からしても、彼女は最適の恋人だったのです。彼女は後日、視力を失った主人とともに四回も来日し、コルドバには二回も同伴したと言っていました。

私の手元には、一九八一年、パリのセーヌ川岸を歩く老盲人のボルヘスと若妻マリアの、情愛ぶかい情景の込められた写真があります。マリアは、大量の本を読んだあまり、また糖尿病の家系による長い疾患ゆえに失明した夫の目となって、二人で一人になる愛の目を作り上げたのです。

あなたはカスティリャ地方の野を歩みながら、
ほとんどそれを見ていない。
……

あなたは視線を上げて月を眺める。かつて
あなたのものだった何かの記憶が浮かび上がり、
消える
……

この詩は失明してからこの世の中に出た詩集『創造者』に収録されている「ある老詩人に捧げる」の一部です。たぶんここでのある詩人とはボルヘス自身のことと思われます。見えない外部の事物に対する絶望は、人間の内部でのみ解消できます。まさにその絶望が希望に変わる心の風景を、恋する若い妻の目を通じて共有するようになるのです。それで彼の精神は彼女の現在で、彼女の魂は彼の未来だったのです。すべての過去が埋まった現在の風景こそ、二人の一致を通じてまったく新しい世界の可能性を生みだしています。

彼女の名前の通り、マリア・コダーマはボルヘスの小さな玉でした。私は彼女に仏教の夫婦因縁説を語りました。仏教では五百回以上の前生《ぜんしょう》を夫婦として生きてこそ、今生《こんじょう》の夫婦となれると言ったら、彼女は手を左右にふりながら、「また出会ったら逃げます」と笑いながら言いました。この話は、同じ相手と五百回以上も共に生きることのすごさを物語っています。思いきり笑いました。

ボルヘスはスイスで育つうちに、ショーペンハウエルを読んで仏教と出会い、それ以後、最も幅の広い仏教徒になり、『仏教概論』を著述するまでに至りました。果してニーチェが、「ヨーロッパの仏陀」を自任したこととは異なる方向で、ボルヘスは彼の全天候的な談論を越えた西半球の仏陀だったのです。

実際にアルゼンチンへ帰った二十九歳のある日、彼は「時間体験」という境地に至りました。いわば仏教の「見性」に当る悟りを経験したのです。彼の主題である「時間無限」への根本的な経験であり、それは明らかに東洋の「開悟」と違うところはありません。

このような悟りは、まさに彼の文学論に反映されます。作品の主体は、作家でなく、言語つまりテキストそのものということ、故に作家の死（終り）が読者の誕生（始まり）を意味するということ、そのテキストが権威主義的な解釈から逃れて読者一人一人の読み解きで成り立つこと、小我が大我となること、一方的でなく間テキストとなること、すなわち無我と縁起の世界ということ……。

このような仏教的な解釈こそ彼の至った心の中の荘厳な風景でなくて何でしょうか。彼のことを二十世紀の創造者と言う時、我々は、例えば十八世紀以降の自然哲学や十九世紀のニーチェの反キリスト的な絶叫に続く新たな衝撃を受け入れるようになります。ボルヘスは、自分を一つの風景として対象化した文章を残しています。「ボルヘスとわたし」であります。

この文章で、彼は自らの二つの主体の間の関係を語っています。タイトルとしての「ボルヘス」は世界的な作家としての私、つまり仮面としてのボルヘスで、「わたし」は個人的で内面的なボルヘスです。このような二重の風景こそ文学の中の自我ないし詩の中の話者としての私を越える端初なのかもしれません。

彼はジュネーブに葬られています。一つの眠った風景として。しかし彼が時間への悟りに言及した告白の数行は、いつまでも目覚めている風景として我らに残っています。

時間の連続性を否定すること、自我を否定すること、星の満ちている宇宙を否定することとは表には絶望に見えるが、裏には慰めとなる。我らの運命はスウェーデンボリの地獄やチベット神話の地獄とは異なり、非現実的であるから恐いのではない。それが恐い理由は取り返しがつかず、頑強だからだ。時間は私を成す本質である。時間は私を荒らす川であるが、私がまさに川である。時間は私を呑む虎であるが、私がまさに虎である。時間は私を燃やしてしまう火であるが、私がまさに火である。世の中は不幸にも実在し、私は不幸にもボルヘスである。

（『ボルヘス詩集』鼓直編訳、海外詩文庫、思潮社、一九九八年）

まるで金剛経のある章を読んでいる感じもします。虎に出会うと虎になる、というのは昔の禅師らの詩句にも見られます。これはこれはどんなに深い谷の共鳴でしょうか。風景と風景の主体は二つではありません。

吉増先生。

思弁的すぎる文章になりました。

コルドバは太陽の中世でしたが、かつ夜の古代でもありました。そこでの晩餐は夜十時から始まり夜明けの二時まで過ごしました。また韓国にもどって速度の社会に身を寄せて暮しています。

あなたのご健康をお祈りいたします。

（崔世卿訳）

〈対談〉

古代の服

高　銀《Ko Un》
吉増剛造《Yoshimasu Gozo》
（司会）編集部

編集部　二〇〇一年の四月にお二人に出会っていただきまして、それ以来、三年半以上の長きにわたってお二人に対話を続けていただきました。本日はこの対話の終わりというわけではありませんが、一つの締めくくりとして行いたいと思います。

来年（二〇〇五年）は終戦であり敗戦の六十年、それから日韓国交正常化四十年、また第二次日韓協約百年と、いろいろな意味で、日本と韓国、また日本と朝鮮半島との関係を改めて考え直す、またより発展的な関係に持っていく年にぜひしたいと思っております。そういう中で、日本と韓国を代表する二人の詩人がこの日韓交流の架け橋になっていただくという意味でも、今日のお二人の対話がこれからの未来を予言するものになればと思っております。今日はお二人とも、これまで語り得なかったこと、ないしは語り足りなかったこと、そういうことを存分にお話しいただければと思います。

それでは、吉増さんの方から話を切り出していただきましょうか。

誤解と錯覚の中から咲き出した花

吉増　念願かなって、朝早い時間でしたけれども、ソウルからの気持ちのいい道を車でたどって高銀先生のお宅に伺うことができて、とうとう高銀先生のお家にまで辿り着くことになったのかと感慨ひとしおです。

いま藤原さんがおっしゃいましたように、四年近くの考えてみましたらとても長い特別な時間が流れたのだと思います。はじまりのあのときは、夜の東京ビッグサイトでした。そこで高銀先生の「バダクチから私へ」という言葉の衝撃、そして「モスメから娘へ」という御発声の、それこそ生々とした架け橋の出現に驚いて、驚愕したところから高銀先生の非常に深い領土、それはもちろん朝鮮半島への橋、……その長い河原を歩いて、そしてとうとうわたくしなりに渡るということを始めました、初めての橋、そこへの歩みから、四年になりました。

その間に起こりました、手紙ではなかなかつづれなかったことを、今日は存分にお話をし、そして高銀先生のお声にじかに触れて、それを自分の中に入れてまた歩き出していきたいと思っております。

高　まず吉増剛造先生の詩の一部が韓国語で最近刊行されました。韓国のある評論家はこう申しています。「この詩は現代のシャーマンとも言える、そういう声がここに盛られているのではないか。資本主義社会の矛盾の中で真実を探り出す、そういう声がここにはあるのではないか」ということです。

私自身、吉増剛造先生の詩については、現代の錬金術とも言える特別な詩であると思うんですが、その先生の詩は普通にはなかなか解読できない、やさしくはない詩です。そこには私たちがまだ解読できない古代の文字が絶壁のようにそそり立っていて、そこで私たち人類の祖先たちがある希望を示して、そしてその希望が今日に自分たちの前に爆発してきている、そういう実感を持ちました。

また自分の感じとしましては、吉増剛造先生の詩の中には擬態語ないしは擬声語がありまして、これはまったく自分には新しい詩の内容として感じられるんです。副詞が動詞になることをも、私は感じました。

先生の詩の中で喜びというのは、誤解と錯覚の中から咲き出した花のように感じられます。この席もまた喜びの場です。そして私たちはこの中で、理解というよりもあるいは誤解が今夜伏在しているかもしれません。その誤解を通して私たちの対話が創造されていくのではないかと思います。

ハングルに恋をした

吉増　最初から高銀先生らしいとても深い詩の宇宙が展開されて感じ入りましたが、本当に誤解あるいは誤読、間違えてあえて読んでしまう、それによって新しい言葉を獲得していく。そういった、高銀さんの言葉で言いますと「宇宙方言」への道が始まったのがちょうど四年前の衝撃的な出会いからでした。

このとき、いましか先生に御報告できないことだと思いますので思い切って申し上げてしまいたいと思います。このことは、口にするのが少しはずかしいのですが、もしかすると僕はハングルに恋をしたのかも知れません。「恋しい哀号」という長い詩も書きましたが、先生にお会いして、それから『環』の誌上で何回にもわたって、藤原さんに釜山にまで出してもらったりして、このところ私が恋人のように連れて歩いて、そして、詩作に大きな力を恵んでくれていますという『韓日・日韓小辞典』というこの辞書は、もう、ボロボロになってしまっています。

この恋人、文字の恋人を手繰りながら、もちろんそれは韓国語に越境しようというのではなくて、絶対的に足りない言葉の方へ……それは子供の言葉であるかもしれないし、あるいは絶望的になって気がふれた人の言葉であるかもしれないし、あるいは本当に未練を残した人の言葉であるかもしれない、そういう絶対的に不足している言葉の領域の方へ導いてくれたのが、あえて高銀先生というふうに言わなくて、こうした出会いが生んだものであったということが、確実にいえるのだと思います。それは私の書いたものを読者が解いていかなければいけない問題なのかもしれません。それをいま高銀先生におっしゃっていただいたことを踏まえて、韓日、日韓の大きな問題の陰で、少しずつ僕なりに解いてレポートしていきたいと思っております。

古代の日常の手触り

高　先ほど藤原社長さんがおっしゃられたように、韓国と日本の関係に対する認識について私も考えますが、事実上この両国は古代の東亜の普遍世界的構造の中にありまして、そこには日常的な交流があったんです。四〇周年とかもっと長い単位での交流とかそういうものではなくて、壁がなくて日常的に暮らしていました。そのことは同一文字で同じ普遍的宗教を共有していたからではなかったでしょうか。つまり一つの文化圏、ほとんどその違いを知らない同一文化圏の中にいたからだと思います。

それが今日六〇年ないしは四〇年とそういう両国関係を考えるということは、現代東北アジアの痛苦を通してそれがつくられていったものではないかと思います。そこで私は、韓日関係は古代に遡ってその今日的実現へと帰っていく、つまりその関係が復権される、そういうことをともに追求している私たちではないかと思います。

吉増　お話が大事な大きなところで立ち上ってきましたが、恐らくいま高銀先生がおっしゃられた例えば「古代の日常生活に戻っていく」というほとんど不可能に近い細い心の筋道を、私たちも高銀先生の詩から直感的に、もう既に学んでいるのだと思います。「太古の村の柔らかい光」、あるいはきのうの夜本屋さんに急いで行って『万人譜《マンニンボ》』の詩篇のいくつかを朴菖熙先生に読んでいただきましたけれども「この人が歩く長い夕暮れの道」のような、そうした詩のなかにしか表れてこない、あるいは高銀先生の詩の中の「ぞうきん」とか、そうしたものを通して……古代の日常と言ってしまうといけないと思いますけれども、手触りのようなものが、本当にすぐそこで感じられるときが来ているのだと思います。

これは藤原さんに大変感謝をしなければいけないことだと思います。とうとう、正面切った関係ではないけれどもそうした関係の、これまで不可視の境域にあった筋、隅っこの関係かもしれませんが、そうした道筋があるイメージと物音とをともなって、あるいは古代的な日常にもしかしたら近づいて行けるのかも知れない、そうした時間を成熟させた。そういうときがそこまで来ているのを、私はたしかに感じています。それは高銀先生はおっしゃりにくいかもしれませんけれども、高銀という途方もない大きな詩人がいてくれたおかげで、その領土の中で起こっているのではないか。それを僕はとても大事にしたい。

歴史と現実が詩に属す

高　古代に帰る、郷里に帰るという帰郷、これは私としては単純に復古主義というものではなく、また古代を模倣する、それ自体でこういうものが可能であるとは思っていません。これは全く新しい凄絶な目覚めで、初めて古代と会えると思います。そして初めて古代の真実と一致できるものである、という認識は必要だと思います。

吉増先生の詩の特徴の一つとして私が思っていますのは、その詩が歴史と現実に従属しているのではなく、むしろ歴史と現実が詩に属してきている。古代の大きな価値もまたそれに自分が属しているのではなくて、古代を自分に属させていく、自己組織化の問題と先生の詩のそれとは同じ性質のもののように思えるのです。

太古のアジアの方へ

吉増 〝初めて古代と会える、……〟、たしかにその初めての逢い方、仕種、立居振舞いを想像しますと、気が遠くなるほど、想像する力と細心さが、わたくしたちの心身に、あらためて必要とされてくる筈で、その困難さ、果てしなさに、詩の細道を辿ってとうとう、わたくしたちも立つことになったのですね。繰り返し高銀先生との出会いに立ち戻って、一体何が起こったかをきょうの機会に考えておりました。もちろん先ほど申し上げましたように藤原さんを通じて、幾つものいろいろなファクターが働いている出会いがあると思いますけれども、高銀先生と出会ったということ、そして高銀先生の口から出てきたとほうもない音声（おんじょう）に震撼させられたこともあります。それに沿って四年近くを過ごしてきましたけれども、それに影響を受け震撼させられた自分のテキストをも左手に置いてよくよく考えてみますと、私はもしかすると高銀先生という稀有な詩人あるいは思想家のテキストといいましょうか、書かれるものの世界、大きく言って書物の世界に恐らく、マラルメやプルーストに匹敵するような、東アジアの書物の波打ち際に私は迷い込んで、そしてハングルを恋するようにして、この四〜五年間、高銀先生の方へ……高銀先生の方へという言い方をしながら韓国の方へ、あるいは東アジアの方へ、あるいは太古のアジアの方へ、……未聞の異界へと、おずおずと歩みだしていたのかもしれません。さらに海を、島の地続きにするようにして、丹念にフェリーに乗り、釜山へ、沖縄へと、途方もない時間をかけようとして、歩きだしてもいました。

しかしそのもっとも大切な核心は、高銀先生の書物の中に、全く自分にとって足りない言葉、僕は習い覚えた貧しい日本語しかしゃべれませんけれども、それではとても説明ができない途方もない宇宙方言、あるいは言語宇宙、あるいはしゃべりながらそう思いますけれども東北アジアの書物と言語の世界、テキストにそうして私は迷い込んだのはほぼ確実なのだと思います。勿論、潜在するものもあったのですが、……

高 東アジアのお話が出ましたけれども、これは韓国、日本両者だけでは成り立たず、そこは必ず東北アジアという論理を介入せざるを得ないと思います。

ところで今日、米国を主とする画一主義や世界化、この新しい力を前にして東アジアはどのようにして生き残ることができるのか、東アジアの新しい道はどういうものであるべきか、私は小さな悩みをし続けています。そこには二つのことがつけ加えられるべきではないかと思います。私の記憶で、日本帝国主義の膨張を意味した「大東亜共栄圏」という悪夢から早く清算される、これが一つの前提です。もう一つは東アジアの多くの地政学的特徴からしまして、大陸勢力と海洋勢力とのぶつかり合いというものがここでは解体されなければならない。それで言いますと、私は解体主義者とも言えます。

小さな言葉たちの危機

吉増　どうでしょう。わたくしのようなものには荷の重い、しかし小さな考えですが、まったく思いもつかない「アジアの光線」が、未来から射してきている気がします。それは、海女さんの服の奥のひかりなのかも知れませんが、……。いまの高銀先生のお話しとお考えは、とても及びがたい、生存の根に坐った感じ方だろうと思います。大半島と南下、北上のはっきりとした運動が、高銀先生の『華厳経』には、インド亜大陸と朝鮮半島がかさねられるようにして、はたらいていました。海を庭のようにして、そして北へ。この心の辿りを学び初めなくてはなりません。話をもう少し南においてみたいと思いますが、沖縄にいらっしゃったときの講演をテープで聞いていて、「もしかしたら韓国語も滅びるかもしれない、日本語も滅びるかもしれない、こういう小さな言語は、……英語だけが生き延びて、滅びるのかもしれない」と高銀先生がおっしゃっていたことをふと思い起こしました。そうした耳に入りやすい言葉だけではなくて、あるいはとても説明のしにくい女の人の言葉、あるいは動物と関係するような言葉、あるいは職人さんの言葉、あるいは詩人の言葉、そういうさらにさらに小さい言葉も、いま解体に瀕しているということもあります。ですからそれをどう考えていくかというのは、私のようなどちらかというと前衛的な実験を続けている詩人にとってはとても切実な問題です。そうしたことが問題になってきていまして、外国語を習得するというようなこととは全くほど遠い、別のなくてはならない空気の小言語圏を創造しようとして、先ほど申し上げましたようにハングル語辞典を持って釜山に行ったり高銀先生に手紙を書いたり、そして新しい生活の細部をつくり出そうとしていたのですね。そういうことの方がもしかすると地政的なものよりも大事なものではないかという考えが、僕の頭の中をかすめます。

不揃いの思想

吉増　例えば、たった今してきた経験なので忘れないうちにしゃべってしまいますけれども、ご一緒してミニバンで少し渋滞していました朝まだき、アチムのソウルから先生のところに来る間に西さんと話しながら考えていたんですね。先日、ジャック・デリダというフランスの哲学者が亡くなりました。亡くなられてみますとテキストというのは違う光を帯びてくるもので、その中で一つ気がついて、なるほどこういう目がデリダにあったのかと思って感心したところがありました。重厚な論文には出てこないような目の光でした。デリダが子供のときに家のタイルが、オンドルはなかったでしょうけれども、タイルが一つ逆さに張られていたのだそうです。そこで子供のデリダはいつもそこで立ち止まって、それを直そうとする身振りを自分の中に感じていた。そこから、恐らくいつも彼の思考もみえないところで張られ間違えたタイルを見詰めているのではないかと。そういうふうにして記憶というのはそうした傷や断絶のところで活発に動くものだと、そういうふうに言っているんですね。その増田一夫さんの文章をしみじみと、間近かにその目を感じて読んでいるんですね。

おりました。

そこにデリダの徹底した不揃いの思想というか、根にあってつねに働くものがあってそれを感じとって感心したんです。そうしていながら、きょう高銀先生のお家に来るときにふと気がついていました。待てよ、待てよ、それに感応したこちらの目は、もしかすると高銀先生が陸軍の収監場で床に差してきた光を小さなタッジ、面子のようにして見たとおっしゃった、その目の痛みに僕は本当に感じ入って、留学生さんに韓国のタッジをつくってもらって、みんなでそれに触ったりもしましたけれども、そのタッジを見詰める高銀先生の目が僕の中に移ってきて、それがデリダのタイルをみる目にかさなってきているのではないかということに気がついて、さらに驚きは深くなっておりました。これはもしかすると鋭利な批評家だったらそれこそ「現代のシャーマニズムだ」と差別するかもしれないけれども。そうした細かい生活の部分、心の地政学というか、それがとても大事で、それをこそしきりに私たちは高銀という大詩人に学ぼうとしているのではないのでしょうか。

ちょっと長くしゃべりましたが。

沖縄と済州島

高　沖縄の話が出ましたが、一詩人として私は沖縄を大変魅惑のある島だと思っています。それは台風が激しくそこから出発し、あるいは近代以前の東シナ海の歴史の正体がそこにはあって、そのために悩んでいること。現実としては外勢、アメリカですけれども、それが沖縄を規定しています。沖縄は元々百歳の長寿の人たちの住んでいるところとされていますが、現実としてはいろいろな生態系の秩序が混乱されたりしていわゆる外勢の影響が大きいのですけれども、その百歳の人たちの住んでいるそういう誇りがなくなるのではないかとさえ思っています。

このようないろいろな様相を持つ沖縄ですが、そこには沖縄がずっと蓄積してきました美徳もあって、現代の生態的照明によるアナーキズムの視覚から見ても、沖縄はあらゆる国家利益を超えた国際的友情がそこでは集散されていると思っています。過去はそうでした。ところでその沖縄は海を中心に集まり、そこからまた離散し、その固有性と開放性がつくられましたが、そういうところは韓国の済州島が似ていまして、東北アジアにとって沖縄と済州島は大変重要な場であると私は思っています。

東北アジアの新しい目覚め

高　一言つけ加えますと、それにもかかわらず東北アジアのこの葛藤関係について考えざるを得ません。中国と日本の紛争、中国とフィリピン、ベトナムとの南沙群島の問題。韓国と日本の独島、日本では竹島ですけれどもその漁業協定の問題。そしてまた今日中国が古代の韓国史、高句麗史を自分の中央史とする「東北工程」（東北プロジェクト）。こういうことなどを見ますと、大変東北アジアにおいての問題は厳しい難題を抱えているように思います。大陸勢力と海洋勢力の対決の構図がありますけれども、これについてちょっと私の記憶をここで述べます。韓日文化交流がかってありまして、日本の知識人、この人は東大の教授ですが、酒席で酒を交わす中で出た話ですけれども、その人から「日本と韓国が、ひとつ力を合わせて中国と対決しようではないか」というような話がありました。私は酒の席でもありまして、これは一つのミモン（迷夢）、そういうそらごとのように思えたんですが。実際のところ現代日本は、アメリカとともに海洋勢力として一つの力をなしています。中国ではまた新しい膨張主義、新しい平和主義というものを打ち出していっていますので、この場合でも海洋勢力と大陸勢力との葛藤の問題の解決は本当は安からぬものがあります。

ところで、現代のヨーロッパにおいては貨幣を一つにする動きが出ています。これはヨーロッパ統一において大きな象徴的な問題でして、社会が統合されていっていることを意味していますし、憲法も一つにしていくという運動が実現されつつあります。その第一条には神がない、神の問題を入れていません。今までヨーロッパは神に支えられている国づくりだったんですが、実際それがないということはヨーロッパにとって世界史的勝利ではないかと思います。過去百年戦争とか三〇年戦争とか長い敵対関係を持っている間であったんだけれど、今はそうでない。これは地球的目覚め、覚醒を表していると思うんです。東北アジアにおいてはそれこそ新しい、非常に苦しい中での知覚、苦悩の中での問題処理という新しい目覚めが出てこなければいけません。そうでなければ私たち東北アジアの発展、未来は幻に過ぎないのではないかと思います。

「共同」への警戒

吉増　「地球的目覚め」、「覚醒」と高銀先生がいい表わされたことを、乏しい知見からもわたくしも、ヨーロッパのところどころ、ことに日常の隠れた片隅のようなところで、いまおっしゃられたことをひしひしと感じています。その非常な痛みに、わたくしたちもとどかなくてはならない。そこでも、たとえばわたくしの心は、とても遅れているのだ、……と痛切に感ずることがあります。それはなんでしょうか。欧州の人々の生活の隅々の神もまたその姿を消しつつあるのかも知れない、途方もない痛みとともに、……。つまり、もしかしたら、詩もまた姿を消しつつあるのかも知れないのです。今、高銀先生の御高説を、襟を正して聞いておりました。これも高銀先生から学んだこと、あるいは藤原さんから学んだことでもありますが、「東アジア共同の家」というような言葉が四年ぐらい前に出てきていて、そのときはそれほど抵抗も感じなかったんですけれども、いま国家ではないけれども「共同の」というこれが持っている危うさのようなものと、僕はそれほど詳しくはありませんけれども、ヨーロッパ共同体と共同ということ、これに多少敏感でなければいけないなと僕は感じますし、その「共同」が「家」と結びつけられることに、警戒心をもつのかも知れません。それは言葉ばかりではなくて共同体に対してどういう態度をとるか、あるいは共同ということに対してどういう姿勢をとるか。

恐らく高銀先生のような大詩人と僕らは少し違って、私の方がどちらかというと孤心というか、あるいは少し傷ついた人の心の方に傾く傾向があるので、その共同ということに警戒感を持つのかもしれませんが、それもまた大事なことだと考えます。ですから、東アジア共同の家という言い方は、私はもうしないようにすべきだろうと思います。

泥と干潟の世界を持って歩く

吉増　沖縄のことをすばらしい高銀さんらしいお言葉でおっしゃって感動しながら聞いておりましたけれども、先ほどの海と陸のせめぎ合いのほかに、これは藤原さん、コルバンさん、あるいは高銀先生の、海女さんの話から学んだことですが、干潟の宇宙、前浜の世界がある。コルバンさんは「前浜」といわれていました、久しぶりにソウルにやってきて、大変現代的になって見事な理想のソウルは都市になっています。そして気がつくと、その下に干潟がいまも歴然として見えている。この干潟というと、どろどろと言いつつ感じつつも、しかし、そここそが、精妙に、混り合い、うごきつつ汚れあうところ、……。〝汚れあう……〟なんて言葉はないのですが、先程、高銀先生のいわれた、欧州の最奥部の痛みはそこに手がとどいていますね。この〝干潟〟を、地続き状態にしなくては、これを心の底のどこかに持たなければいけない。

そのときに……これからは次の問題提起です。つい先だってアメリカに一カ月ほど行きまして、アメリカでもまた『韓日・日韓小辞典』を片手にして、三五年ぶりに詩が書けました。アメリカで詩を書いていましたときに、やはり干潟の感受性、泥沼の感受性が、アメリカあるいはヨーロッパの砂と砂漠の感受性とフィットしないなと、想像力の一番下の方でその問の根に触れている瞬間がありました。そういう瞬間に、さてどうしたらいいという答えが出るわけじゃないのですが、おれは泥と干潟の世界を持って歩いて、ハングル辞典を片手にこうやって歩いているぞということを、非常に細かく……交換可能とか翻訳可能なという意味ではなくて、そういう記述をしなければいけない時期にさしかかってきていて、それが大きな意見になっていくとは考えられませんが、その問の根を間断なく干潟の蟹の足みたいにして動かさなければいけない。そういうところに気がつくところまで来た。これも先ほども言いましたけれども、高銀先生の御意見や詩というよりも、高銀先生という巨大な詩人の書物の世界から学んだことでした。

詩人は、干潟の生命体

高　「干潟」とおっしゃいましたがこれは実に魅惑的な言葉でして、詩人というのは陸と海がつながるその中での「干潟」の生命体として、それがつながっているところの生命体としてあるのではないかと思います。そういう点では引潮の際をすばやく動き回っている蟹のような、吉増先生と私などはそういう存在であるかもしれません。このたびの私たちの話で、私はこの「干潟」という言葉を、最も大きな知恵を示した言葉と受けとっています。

ところで現実として東アジアの干潟を見ますと、これは世界各地も同じことですけれども、海の近くには大きな建物が建ち、娯楽設備が設けられ、干潟はどんどんなくなっていっています。韓国の西の海と、東の海、日本では日本海といい、韓国では東海《トンヘ》といいますが、その自然は本当に壮観そのものですけれども、しかし実際は鎖、廃棄物が海の中に隠れています。ここにはロシアの核物質も投棄されているのではないかと思っています。この干潟を生かすこと、海を生かすこと、こういう失われたものを生かすことはどうすればいいのか。こういった文明の災いを前にして、私たちはこの問題をも含めて東アジアの解決すべきこととして考えなければいけないと思います。

どのような難しい問題も人は抱いており、また問題のない現実はあり得ないわけですが、私の友人である和田春樹さんは、「東北アジアの共同の家」について一九八〇年代後半から語り始めています。東アジア連帯については知識人の談論の一つともなっていますが、吉増先生が共同体に疑問を提起されました。これは現実診断としての一つの教訓といえましょう。ただ、この「共同の家」といいましてもパネルを重ねてどんどんつくっていく家のようなものではなくて、これは建てるとしても短期間に可能なのではない性質のもので、そこにはなにか理想主義的なものもあるわけです。ただ、歴史の展開の中でこの「共同の家」というのは、可能性の展望としてそれはあり得るのではないかと考えます。

不揃いの干潟の家

吉増　今の見事なお話を伺って、少し飛躍ですけれども「干潟の家」というきれいなイメージが浮かんできて、幸せに思っていました。

それで、ふといま思い出しました。私は二年ほどブラジルに行っていたことがありまして、連れ合いさんがブラジルの出身で。御存じのようにブラジルというのは貧しい方々が電気もなく、ガスもなく、丘の上に自力でといいますか、自前で住いをこしらえてか、繕(つくろ)い仕事をするようにしてこしらえて行った、原初のというか本当の歪んで不揃いの街が丘の上にあってファベーラと呼ばれています。けれども、その不揃いのリズムとフットワークが、ジーコやペレやレオナルドのまわりのフットボールの人達の心身にはあるのですね。追いはぎもやるわけですけれども。その人たちがつくっている家が、もちろんあり合わせの家ですから非常に不揃いな、しかし器用仕事の、けれども太古からの貧しい貧しい生活の家、……。それが実に魅力的に映るのは、わたくしたちが心の底で、その不揃いの家の木戸や柴折戸の物音を、もう聞いているからなのですね。ジョルジュ・バタイユのいい方の真似をしますと、〝生き生きとした矛盾の総体《トタリテ》を熔融《フュージョン》として意識して、……〟でしょうか、痛みを身体に刺青するようにして、来るべき倫理を手さぐりしなければならない時代がもう目前に来ているのだと思います。先程の「共同の、……」に対する反発も、来るべき柔かさと本能的に参照をして、……ということもあったのだろうと思います。「干潟」はその芯にあるものです。エコロジーではないのですね。もっともっと長く深くしなければ、……、干潟を。画一化されていない、偶然そうなったんだからそれは褒めるわけにいかないけれども、そういう不揃いの家のすばらしさを忘れてはいけない。それに、本当に、途方もない長い中洲のような「前浜」や「干潟」が生きてうごいているのであれば、津波《つなみ》だって、次第にゆっくりになって行くはずでしょうし、……。

そこで今度はもう一回戻ってきますと、ここからの道を辿るのは、実に大変なんですが、ここから、藤原さんのところで出されている石牟礼道子さんの世界に接近していきます。きれいな干潟を持っていた有明海に接する不知火海。そこに水銀が流れ出して魚の胎内に入って、その魚を食べた人間が水銀中毒になって水俣病になる。けれども、恐らく、私たちも知らず知らずのうちに、ほんの○・○何%かは水俣病である可能性があるのだそうですね。そうすると、体内にある干潟という言い方をしていいでしょうか、あるいは想像力の前浜みたいなところで、あるいは想像力の前浜の異界で、そうした見えない現代の触手と戦わなければいけない。そうするとその戦いの先端で、それはもう一回薬物を利用したりして戦い続けなければいけないのかもしれません。そういう苛烈な戦いもまた目前に迫って来ている。

ですから、和田先生のお名前が出ましたけれども、事は「学問」とか括弧つきの「芸術」ではなくて、非常に瑣末な日常の刹那、刹那の問題もまた生起してきている。それを見詰めろという合図を送ってくださったのが、僕にとっては四年前の高銀という詩人だった。きょうは、自分の仕事の報告とともにそれを申し上げようと思って来ました。

したがって私は私なりに……らい病と言ってはいけないのか、ハンセン氏病の方もいなくなったし、本当に孤独な戦火に追われた子供もいなくなったけれども、そういう子供の魂というのは先生の中にも私たちの中にも生きている。それを生かす、干潟の不揃いの家というものを建てなければいけない。それはなかなか流通しないものですけれどね。それを建てないといけないというふうに、高銀の弟子の吉増は思います。いろいろ飛躍しましたけれども。

高　その干潟の家で暮らしましょう。

古代の服を着てみよう

高　東北アジアの共同の家、この連帯についての可能性は新しい世紀の概念としてこれを受けとる必要があると、私は明らかにそのように思います。世界化が今日暴力化していて、これを牽制する、あるいは調停するためには、この東北アジアの共同体あるいは連帯というのがほとんど唯一の対応として出てくるのではないかと思います。今日世界化の前では、一国家、一国民単位としての生活自体がその世界化の前で崩れ去られ、力がなくなっています。それはヨーロッパ共同体を見れば確かにわかることで、これは数多くの災い、戦争とか侵略とかの後の知恵、その結果だということよりも、第二次大戦以降アメリカの膨脹を放置するわけにいかない切迫している自意識、また自分の意思の反映ではないかと思います。

東西冷戦が一応終わったにもかかわらず、こちらの東北アジアではいまだ丸裸なまま、何ら自分の服を着ないままでいます。そこで古代の服を、普遍性を持つそういう古代の服を現在において着てみようではないかという意味があります。そうでなければ世界化のそういう暴力の前に規制されて、私たちは従属化され、自動的にそれに押しひしがれるのではないかと。アメリカと日本の、海洋勢力としての密着は、大陸勢力としての中国・ロシアに対する第二の冷戦を招きよせるものとしておおいに憂慮されます。韓国も日本も、中国もベトナムも、第二の冷戦をともに避けねばならない。この課題こそ提起されねばならないと思います。

そこで東アジアないしは東北アジアの、共通の因子を見つけ出していきたい。ただ、この地域共同体といいましてもお互いの違いがなくなり過ぎるのは警戒すべきであって、共同体の中での友情はそれとして、つまりあまりに……たとえば意思性がそこではもっと知覚され、人なじみでない他人的見方もそこではどうしても必要だと思うんです。

吉増 すばらしいビジョン、高銀さんならではの驚くべきビジョンが出てきましたですね。「古代の服を着てみよう」とは、……。お聞きしながらふっと、カラカラと音がして、もう一度チャクル（糸繰り車）の前に座ろうといったマハトマ・ガンジーの姿が浮かんできていました。ガンジーはインドですが。古代の服を着てみようという、この高銀先生のビジョンをもう少しだけ伺わせてください。

古代という新しさの源泉

高 古代がないとすれば、明らかに現在はないと思います。近代以降の生活には、しかし古代はなかった。しかし現在までに追求されている価値や福祉、平和、これは古代以来それが断絶されたことがありません、これはもう人類生存の問題ですので。そしてこの古代は、新しいことの源泉ではないかと思います。私自身が何か自分にとって最も幻想的な何かを発見した、これは古代世界の一部分を自分が発見したことになるかもしれません。古代からの解放というのは、ですから不可能である。そういう現在に自分たちは生きていると思います。イタリア・ルネッサンスにしても古代ギリシャに依存していますから。

お祭りごとというのは日常とともにあるわけですが、このお祭りごとの特性は過去を現在に祈念するための行為であって、過去、現在との断絶を防ぐ行為であるわけです。この古代の魂の中で、現在は生かされているとも言えると思います。未来自体も、古代を照らしてくれる鏡の中のものとしてあるのではないかと思います。沖縄に行きますと墓の形が子宮のようで、これは母の体の中に自分が帰っていきたいということを指しているのではないでしょうか。人間の風俗というのは、帰っていきたいというのは一つの夢としてあって、沖縄の墓の形はそういう夢を実現させる形としてあるのではないかと思います。

薪が地面に落ちる音

吉増　こんなときにめぐり合わなければいえませんでしたが、沖縄のお墓の姿もそうですね。半島のなだらかな小さな円（まどか）な、故人の眼の窓のような円い丘を、何度も何度も車窓から眼にするときの心の波だちは、こんなことは、はずかしくって、心に「トンムン＝덧문、雨戸」をたてて、云うこともなかったことですが、なんでしょうね、こんな物の音と心の波だちと騒ぎは、……。やはりお話をしてみてこういう過程から生々と、まるで何かが溶けだすようにしてビジョンが出てくるものなのですね。その、喜びを味わっています。古代の服、……のイメージとともに、その影が浮かんできますのは、高銀先生の最も深いところから、『華厳経』のさらに下の世界から出てくる深い声、……あの〝夾竹桃の枝が呼びかける、あなたの病気をこの枝に掛けて行きなさい、……〟という声でした。民族も血も、言葉さえも、この夾竹桃の枝に掛けて行きなさいと聞こえて来て、そこに朧に、古代の服のほつれが、感じられはじめるのですね。

それに高銀の弟子の僕として一つ詩的に転移させて考えてみたいのは、その古代の服の模様とかテクスチャーということにこれから心を注がなければいけません。ついこの間、熊野の山中に参りまして、九十五歳、八十六歳、八十一歳、八十歳の、たった一人で存分に生きているおばあちゃんたちの世界に接してきました。一人で薪を切る。あるいは一人で猿を追い払う、狼を追い払う、鹿を追い払う、それから蓬餅をつくるという日々の世界で、ふと感動したのは、おばあちゃんたちが自分で薪を切って積み上げているのですね。それでその薪が土の地面に落ちる音、それを見ていましてふっとボードレールを思い出していました。ボードレールの「秋の歌」の福永武彦氏訳を早稲田で古川晴彦さんから、口伝えのようにして教えられていました。それ以来、この薪《たきぎ》の落ちる地面と、この絶妙の音の〝鈍さ〟が忘れ得ぬものとなっていまして、それがかさなったのです。「僕は身を顫《ふる》わせて聴く、地に落ちる薪《たきぎ》の音を、／断頭台を築く木霊《こだま》もこれほど鈍くはひびくまい」（J'écoute en frémissant chaque bûche qui tombe / L'échafaud qu'on bâtit n'a pas d'écho plus sourd.）とね。こんな、なんということでしょうね、ボードレールは人工宇宙の中でそれを聞いている。その古代の服のテクスチャー、魂の中に、高銀先生から授けていただいた知恵も、あるいはボードレールのそういうすさまじいテクスチャーも入れて、そしてそれを内部でも外部でも着てみる振りを、まずひとまずしてみる努力というか、それこそがまさに協同の努力……

協同という言葉を使うのだったら字は協の方がいいな。協同の夢が出てくるんだろうという気がします。

いずれにしても、そのボードレールの薪のゴトンなんていう音に、すさまじいビジョンを聞いたというのも、高銀先生が南北和解のときに大同江（デドンガン）という川をよぎられてあの歴史的な詩を書かれた、ああいう衝撃と決して無関係ではない。そんなふうにしてある地勢を越えた、必死な、古代の服をもう一回着直してみようという努力は、無意識に続いているんだろうと思うのです。それは、おそらくいま、高銀先生のトータルな直観の形象化と、その直観のテクスチャーを質感をわたくしも読者もともに感じていて、おっしゃられた「古代の服」の衣擦や裾や縁（ふち）が、下の土（つち）や板かタイルかオンドルの空気にふれているところを、わたくしたちも咄嗟に感じとっていて、もう、すばやくそれを模倣しています。太古から人の性（さが）と想像力を決定的にして来ました、模倣する力を、ここが大事なところとわたくしは認識をしているのですが、模倣する力がいま働いているらしいことを、咄嗟に嗅ぎとって、それを生に変えて行くという、絶えざる行為の更新がどうしても要（い）るのですね。今日のお話しのはじめに、高銀先生も、擬態語のうごきについて鋭い指摘をなさいました。もう「翻訳」などということからははるかに遠い、わたくしたちの仕事の場。『ごろごろ』（毎日新聞社、二〇〇四年）一千数百行を、韓日小事典を片手に、フネに揺られて一心に、ハングルに恋をしながら書きましたのも、モスメ＝ムスメの裳裾（もすそ）の揺れがもたらしたものでしたし、「まったく書かれなかったものを読む」（ホーフマンスタール）（ヴァルター・ベンヤミン「模倣の能力について」ちくま学芸文庫、『ベンヤミンコレクション 2』、八一頁）ということでした。エッフェル塔だって、柔かい絹ずれの化身ですしね、釜山港のハルモニの足元の揺れもそういうものだったのです、……。きょうはそれを聞かせていただいて、とてもありがたいことでした。

「協」という言葉を聞くだけで……

高 古代は東アジアにおいて普遍性を持っていた、そういう時代があったので、その経験を今日自分たちで得ようということです。共同体とか連帯、先ほどの協同も結局そういうことにつながるんですが、先ほどの協という言葉を聞くだけで、自分は恍惚となって胸がときめきます。なぜこれが必要であるか。たとえそれが実現不可能であるにしても、意味があると思います。近代の歴史時代になって、不和の時代が続きました。この不和の時代はまず和解があって、その和解の中に自我が芽生えるので。この自我があることがまた他者、友をもつくることになります。つまり私は他者で、他者が私でという新しい経験を必要とするわけです。近代になって自我発見というのは、詩の上でも話す者、話者という、「私が」というその一人称は特に目立つわけです。そういう主語がしかしあまりにも絶対化されて、自己中心世界が形成されます。これはどん欲、利己主義とつながり、軍事国家、あるいは帝国主義と変わっていきますが、こういう利己主義の深化は、本当は詩の中で「私」という用語を使っていいのかというほど、最近私は大変疑問に思い始めています。自分を、私を他者化させること、これはつまりそういうことで他者化させる。これをしないことで、現代では他者化できずそういう谷底へ自分を導き入れることで不幸が生じていると思うんです。私を他者化し、他者を私化する。そういうことへの協同の仕事。そこに協の道もあるのかもしれません。

終わりこそ始まり

編集部　長期間にわたり、本当にありがとうございました。これからどういう時代を迎えるのか、それに対して我々一人一人は、どう向き合っていくのか。これからも、そう簡単に願望、希望がかなえられるとは思いませんけれども、しかしこの四年近い歳月をかけて、韓国を代表する詩人と日本を代表する詩人が語り合ったことは、今後の日韓、韓日の関係を考えていく上でも、またアジアの未来を構築していく上でも、非常に大事な、大切な時間と空間がここに生まれた、ということではないかと思います。

高　古代の海、玄界灘は友情で酔ったことがあります。ヴァレリーは酒の一滴で海が酔ったともしていますが。もうそろそろわれわれのなごむ語り合いが終わりかけていますが、終わりというのは終わりではなくて、終わりこそ始まりであるわけで、終わりの始まり。吉増先生と私とは再び始めました。もう既に干潟の家をつくり始めているのです。その間二人の対話を非常に貴重な誌面で、制限はあったが、載せていただき、そして真心こもった私たちの友情が花開いたことに感謝します。こんな煩雑な仕事をよく整理してくださっ

た西さんにも感謝します。

（朴菖熙訳）

（二〇〇四年十二月十三日／於・韓国京畿道安城市　高銀氏宅）

〈対話を終えて〉

未完の対話

高《Ko》銀《Un》

一つの風景がある。うすぐらい夕暮どき、ソウル忠正路《チュンジョンロ》の歩道に背の高い人がひとりつぶやきながら歩いている。そのつぶやきはとても終りそうもない。どうも一人二役の対話をかわしているようである。というのは、人ひとりであるために見た目では独白のようでもあるが、内容からすれば対話であるにちがいない。彼方から一人が歩みよってきた。その人は背の高い人に先に気づいた。久しぶりに会えた、同じ職場のかつての同僚だった。

もしや、カンホイではないか。

ようやく、つぶやきを止めた背の高い人はその人を見つめた。

おお、君か、テオンではないか。しばらくだな。

二人はやや気まずい思いで握手をした。

僕は今退勤するところだが、お茶でもどうだね。

よいとも。もう十年近くも会っていないんだな。こんな出会いは、感謝したいね。

二人は近くのカフェに寄った。

しばらく、二人はその間のことなどについて語り合った。そのうち、テオンはいきなり、先にカンホイが顔をおとしつぶやいていたことについて、きいた。

君、ひとりで何をそうまじめにつぶやきながら、歩いていた？

カンホイは返答しないまま、しばらく黙していたが、苦笑しながら口をひらいた。

実は、今日二時から四時半までだったが、アメリカから来た論客と語り合っていた。月刊誌『アジア』が世話した対談だったが……。それが、愉快ではあったが、どうも空虚なむこうの発言に僕は多様な談論を展開できなかった……。その対談があってから、そのとき応えられなかったあれこれのことが思い浮かんでくるんだ……。そこで、言いつくせなかった言葉をつぶやいていたというわけさ。……僕はいつものことだが、どうも表現不足で悔やんでばかりいるってことを君は知っていよう……事後に、ようやく自己表現の運命が完成される、これが僕の運命かも……ハハハ。

二人は、そこで半時間を過ごして別れた。


私は学芸総合誌『環』の好意で魅惑的な日本の詩人吉増先生と日本の東京の一ホテルで対話を交わしたのだが、その延長として往復書簡を二年近く交わしていただいた。

その後、吉増先生が韓国の私の陋宅にご来臨くださり、さらに、なごむ話をかわすことができた。

この一連の出会いを顧みたとき、私は、これまで発してきた自分の言葉が如何に物足りないものであったかにようやく気づいた。

先に一つの風景を例にあげたのもそのためである。私もまたひとり道を歩きながらつぶやかざるを得ないことになった。


でも、尽くせなかった言葉数が如何に嵩を増したとしても、未完の言語のままにしておくことだって意味があるのではないかと考えるときがある。

その上、吉増先生の内密な親和力や文学的生命記号への深い体験、そしてその静中動の知性により、私のつづいた衝動がよく調節されていったことは幸せだった。

二人の詩人の友情は、おのおの異なるほかない両国の〝差異〟と、そして共有すべき普遍的交感と〝夢の一致〟を表出させる力となることだろう。こうした友情が前提されない出会いは、それ故、成りたつはずがないと、私は思う。

私は、近頃、あの二十世紀の初め、帝国主義と社会主義の殺伐した葛藤のなかで、今一つの夢でもあったアナーキズムの一命題、〝国家より友情〟について思いをめぐらしている。それは、近代国民国家にたいする反省とも深く関わっているかもしれない。

二十世紀の末、東ヨーロッパ圏およびソ連の社会主義体制が崩壊して以来、脱民族、脱国家イデオロギーが時にはポストモダニズムの背景ともなっているが、まさにこういうとき国家を脱けだした人間ひとりひとりの自律的友誼こそ、時代の輝かしいしるしであるともいえよう。

しかし、かかる美徳が二つの逆境を前に立ちすくむことになる。一つは世界化、つまりアメリカ化は、地球化すなわちアメリカ帝国化という巨大な野蛮であり、一つは東アジアの深刻な不和が、日本をその震央として発生している。

母国語で存在する詩人は、生得的に自身の祖国の運命に属するものである。こうして、私は韓国の詩人である他なく、吉増先生は日本の詩人であろう。いや、われわれがイタリアのヴェローナで出会っても、ベルリンで出会ったとしてもわれわれは各自の祖国とは臍の緒が切れていない胎児なのである。

だが、二人の詩人の友情はここで断絶されるわけにはいかない。なぜなら、詩は時間としての民族や伝統、または正体性と通じあっていると同時に、空間としての世界と隣国、そして未知の場所への夢の波長を送るのでなければならないからである。だとすれば、われわれ二人の詩的同志愛も、またきわめて公的な意義をおびているかもしれない。

私は、徳川幕府三百年の近世史において、韓国と日本の文化的相即がそれまでの暴力的相克を清算した上でなされたものであるという事実は、これからの韓日関係の発展にとって、たいへん貴重な経験であると信じたい。

その、祝祭のような共感を分かちあった両者の平和復元をめざす仕事の一つは、両国の詩人のかわらぬ友情を覚えることにあろうか。

われわれ二人は、各自の〝独白としての詩〟とならんで、〝対話としての詩〟においても詩人の道を求めつづけていくでしょう。

あの初唐、中唐を過ぎて盛唐の詩があったように、いや盛唐を過ぎ悲しい脱唐があったように、詩の歴史にも興亡盛衰が展がる事実を偲ぶなかで、詩の死が悟られる今日、新しい詩の時代が産まれつつあるという逆説的な徴候が見えてくる。こうして、われわれは生きている詩人となろう。


（朴菖熙訳）

〈対話を終えて〉

海を掬い尽せ

Yoshimasu Gozo
吉増剛造

高銀先生と、誰かが、梨のはなか木蓮のはなのように、ふと、散り敷いて下さった、こんな道（みち）を、わたくしの分身も、いつか通ったような気がする。それはこの世のどこにもないような、汐の香の漂う、海の中道（なかみち）であったのか、……。しかしそれは、通り終えてはじめて萌す、影のような、……しかし或る不思議な赤葡萄の房の芳香をともなった回想であって、いまとなっては、その端緒の不安の恍惚のときの境、その前後の垣根か枝折り戸か、洲（ひし）の門の揺れが、奈辺にあったかはもう定かではない。「国語」は越えられた。対話の苦難の道によって、それが成就されたことは、奇蹟といっても決していい過ぎではない。それは、貧しいわたくしの詩作が何処にもない花のいろに向って咲こうとした、……その道をたしかに辿ったことによって、立証することが出来るのだと思う。ヴィトゲンシュタインを援用されながら、高銀先生が語られた〝一つの違った言語行為〟（一〇五頁）、そこに知らず知らずのうちに正確に踏み込んでいったこと、これはいったい何だったのだろう。これはいったい何、……が、何かをいい当てようとしているのかも知れないのだが、……。

〝この世では、私がいなくても花は開き、散っていく、……〟と語りはじめられて、四年後の京畿道安城市のお家で〝酒の一滴で海が酔った、……〟とヴァレリーの詩の一行で語

り終えられた、高銀氏の詩の深さにわたくしは驚く。その驚きの果実。花も、もうすっかり色や姿を変えていて、それは、いまだかって目にしたことのないような、眩しい、幻影(헛것《ホッコッ》)の顕(た)つ、深い陽炎の地だ。

わたしは、いつの日か、海原に
一滴の高貴な葡萄酒を注いだ。
(中略)
葡萄酒は消え失せて、波々は酔う……
潮風の吹くなかに、わたしは見たのだ
限りなく奥深いものの姿のとび立つのを……

ポール・ヴァレリー「*Le vin perdu*／消え失せた葡萄酒」(清水徹氏訳)

〝驚くべきことだ、……〟と、わたくしのなかの誰かが粒焼いていた、……。こんなふうにして、〝消え失せた葡萄酒〟の芳香が、わたくしたちの朝の濡れた干潟に一瞬にして立ち上(のぼ)るとは、……嗅いだこともないような芳香が、わたくしたちを包む、その空気を

一瞬にして、つくりだすとは！　幾たびか言及のあったブローデルの『地中海（*La Méditerranée et le monde méditerranéen à l'époque de Philippe II*）』がではなくて、『海辺の墓場（*Le cimetière marin*）』の詩人ヴァレリーの気息と芳香、〝そびえ立つ水、炎のヴェール〟が、まるで巨大な海壁となって、この書物の掉尾に、顕（た）ちあらわれるとは！　〝驚くべきことだ、……〟と、わたくしのなかの誰かが粒焼いていて、もう、この書物上梓のぎりぎりのときに、小文「対話を終えて」を綴ろうとして、二〇〇五年四月二十七日、清澄庭園の深川図書館に、「三十年ぶり、四十年ぶりのヴァレリー」を求めてボロ自轉車を走らせていた、……。おそらく、この二月に、*Alain Jouffroy* 夫人總子さんから聞いてから、わたくしのなかに、細身の百済観音のように顕ちつづけていた、……〝高銀さん、身うごきひとつできないところに立ったままの刑を受けたことがあるそうなのね〟その總子さんの心に詰った心配が、わたくしの汀（みぎわ）、渚（なぎさ）にも顕ってきていて、その像をはこんで、二月、三月、四月と、わたくしはアイルランド、フランス、イタリア、アメリカ、またフランスと、その立った像の幻影（헛것《ホッコッ》）とともに過していたのかも知れなかった。その立像が、深川図書館に急ぐ古自轉車上にも顕っているのは確実だった。……、というよりも道なき道に、像や芽（움《ウーム》）を、若木の枝を折って落す、……その仕草を、拾うということが、そこに〝生きることを求めようとする

こころ〃が、顕って来ていたのだった。いまふと机辺の、韓日小辞典で「め〔芽〕」を引いて、(움《ウーム》ㄷ:ㅂ)のこれも驚くべき響きを赤子のように拾い上げ、やや紅に染まった掌を……鰯漁師さんの歌う「セノヤ」(本書一四四頁)を引く網を、赤くなっていたのでしょう掌を見詰めている目を、ひとつの、まことにはかない、……はかなきものの顕ちあわられの証左としようか。あるいは、ヴァレリーの詩の芳香にそうようにして、高銀先生の思いの空気に烟るようにして顕っていた〃玄界灘は、……酔ったことがあって〃にそって、聞き覚えと見覚えと、まったく見たことのない幻影(헛것《コッホッ》)がそこに混ざり合って顕ち上って来ていて、その〃混風《まぜ》〃(故中上健次氏)の潮の香を、鰯漁師さんたちの「セノヤ」の歌声もともに、嗅いでいたのかも知れなかった。他者の記憶の細道を辿り、いつふと、そのひとによって手折られたのだろう、枝や幹の傷(櫻の?仏桑華の?柏の?夾竹桃の?)の香りを嗅ぐことを、わたくしたちはいつから学ぶようになったのだろう。学ぶことがそれは不可能だというのなら、いつから、そんな干潟や異境の庭に近づこうとし、それを自らの生の足音が響く場所としようとすることが始まったのだろう、……。〃自らの生の足音、……〃と〈わたくし〉は、思わず知らずに綴っていたのだけれども、それは済州島のウェットスーツの海女さんの足音でないと、釜山の待合室で、少女のように両の足を揺らしてられたハルモニ、……の〃生の足音、……〃

ではないと誰がいえるのだろうか。〃海をこの世だと思っている〃（本書三九頁）海女さんの海底の足音を自らの生の足音と重ねようとして、……というよりも、〃海をこの世だと思っている、海女さんの海底の足音、……〃の渚を干潟を、わたくしたちはわたくしたちの足音の下に、卵が割れるときの下の方での物音のように（マルセル・プルースト）、そんな下底の響きの芳香を、さがしているのだ、……といってもよいのだ思う。〃さがしている〃ですって、そうではないのだ。おそらく、次のような言葉の目によって、みつめられつづけることをこそしばらく凝（じ）っとみつめかえすということなのだ。

　高銀先生とお逢いしてその感化をうけることになった、二〇〇一年から三年程前、わたくしは決定的な書物と出逢っていた。李静和『つぶやきの政治思想』（青土社、一九九八年）。この書物の岩蔭に隠れている、書物のなかの声の疵（きず）、あるいは疵（きず）の声、海の道のヴィジョンへの類例のない、それが異例の水先案内の声であったことを、ここに記すことが出来るところにまで、〃澪（みお）〃なき海の道の水脈（みお）〃は、ここまでやって来たのだと思う。お読みいただけて、わたくしがいまさし出そうとしている、この声が貴方の胸にとどくことを、わたくしは切望する。この〈ベー〉の一語は、高銀先生の言葉でいえば、宇宙方言の花の芯のような響きをもつ。

（ベー・舟）

韓国語の「ベー」はひとのお腹を意味すると同時に日本語の「舟」でもある。ひとつひとつ個別性を有する物語。生命の在り方、生きてこざるをえない、生きていかざるをえないという両面を含んだ個別性の物語を、男からのまなざしと同時に女からのまなざしを、その両面を見つめたい。

実はもう名付けられるあらゆるものを拒否している私のからだは、その〈ベー〉に、その舟に身をゆだねている。これらの物語が、私の、そしてあなたの生に重なることを願いつつ。

柔かく奥深い、（鰯漁師さんたちも船端に立って海を眺めているような景色の）このお腹《なか》の舟《ふね》の宇宙を揺《ゆ》っているらしい波の手（손《ソン》 son）を、赤い掌を、わたくしたちは忘れかけ

ているのではないのだろうか。勿論、ドイツの作家ギュンター・グラスのいうように、「日本は韓国に対して義務を放棄している」（本書一五二頁）この「放棄」についてもさらに、その道の汐の干潟や汐溜りに下りていって、手（손《ソン》 son）を、その汐溜りに漬《ツ》けるようにして、さらに深く考えなければならない。あるいは、〃考える〃ではないのかも知れない。放さないで、お腹《なか》の舟《ふね》の宇宙を、さすっている、揺っている、手（손《ソン》 son）の掌の赤子の道を、咄嗟に間断なく横切りつづけることの細道を、……まさに、高銀先生のいわれた〃ピリオドなし〃に、たとえば、紙の鏡か、箕（み、ムイ、ヤラムイ）のように、揺《ゆ》りつづけるということをしようとすることだ。韓《ハン》の両脇に蝉の羽根のようなもののついた巨きな箕（み）をどうしてかこの十五年八王子の陋屋の床の間にわたくしは置きつづけてきていた。いま、四年にわたる、生涯の対話を終えるに当って、いまになってはじめて、わたくしの陋屋の床の間の箕（み）が口をひらくのを視（み）た。両脇に蝉の羽根のようなもののついたこの幻の楽器は、わたくしに十五年二十年、……〃海を掬（すく）い尽せ〃、……〃と語り掛けつづけてきていたのではなかったろうか。勿論、反語的、両義的なこれは幻の楽器からのメッセージであり、〃思考は、笊（ざる）で掬うようにせよ〃（道元）という声もここには混じって響いているのだけれども、とうとうわたくしは高銀先生の生涯のこころと経験の響きの音声を、わたく

しのこころとして、この声を聞いたのだと思う。そこにはきっと鰯漁師さんの赤い掌も、李静和さんの静かに海に泊っている船からの声も、この声〃海を掬（すく）い尽せ〃に、波頭の幽かな刺青のように、青い灰色の波紋を添えている。李静和さんが一昨年（二〇〇二年）ロンドンにおられて、日々その像から目を離さなかった「難民船・タンパ」（ノルウェー船籍。アフガニスタン難民五〇〇人を乗せて、海を迷子のようにさまようことになった。『求めの政治学』岩波書店刊）が、思い掛けずも、この声の背後から浮かんで来て、こうして書きつつある、わたくしの手（손《ソン》）、赤い掌を、海の底の怒りの風に曝すかのようだ。高銀先生、そしてこれは先生の深い心中の言葉〃砂漠とは最高の隠喩かも知れない〃（本書一七五頁）を、わたくしの八王子の陋屋の床の間に仮住いをしばらくしていた、（韓《ハン》の）羽根付きの箕（み）が、この言葉を耳にして、咄嗟に〃海を掬（すく）い尽せ〃という声に転換したものであったのかも知れなかった。長い旅路でした。思い掛けない潮路でした。藤原書店のみなさん、アラン・コルバン氏（ことに『浜辺の誕生』福井和美氏訳、藤原書店刊）そして亡きジャック・デリダ氏（ことに『コーラ』守中高明氏訳、未来社、二〇〇四年刊）に感謝と低頭をして、ヴァレリー、高銀先生の赤い葡萄酒の房（ふさ）の芳香に戻ります。こんなふうに、思いもかけないときと場所で、ポール・ヴァレリーを読み、地中海の芳香、オリーブと赤葡萄酒にふれることが出来ることになろうとは！　李静和さんがその瞳に、しっかりとしまわれていた「難民船・タンパ」の舟影を偲んでいる時の汐の網目に、

陽炎の島影の彼方にそして目近かに、思いもよらぬ、〃脈打っている〃ヴァレリーの仏蘭西語もありありとみえて、こうして別の瞳が浮かんで来ていた。

鳩たちが歩んでいる、この静かな屋根は、
松の樹の間、墓標のあいだに脈打っている。
……
海を、いつも寄せては返してやまぬ海を！

ポール・ヴァレリー『海辺の墓地／（*Le cimetière marin*）』（平井啓之氏訳）

灰色の鳩たちとはあの鰯たちでしょうか、鰯船でしょうか？「静かな屋根」は、どこかの火山なのでしょうか？深く、感謝を申し上げます。高銀先生の至純の酔いに身をゆだねた、四年間の、奇蹟の海路でした。

初出一覧

「**序——高銀先生のこと**」姜尚中（『機』二〇〇一年七・八月号）。

〈対談〉「**瞬間の故郷**」高銀＋吉増剛造（二〇〇一年四月二一日、東京・アルカディア市ヶ谷にて収録、『環』二〇〇一年秋号）。

〈往復書簡1〉「**届けられた音声をめぐって**」吉増剛造（『環』二〇〇二年秋号）。

〈往復書簡2〉「**詩人が背負うもの**」高銀（『環』二〇〇三年冬号）。

〈往復書簡3〉「**蟋蟀のように耳を澄まして、……**」吉増剛造（『環』二〇〇三年春号）。

〈往復書簡4〉「**言語の雲**」高銀（『環』二〇〇三年夏号）。

〈往復書簡5〉「**より深い読者へ**」吉増剛造（『環』二〇〇三年秋号）。

〈往復書簡6〉「**海の華厳**」高銀（『環』二〇〇四年冬号）。

〈往復書簡7〉「**薄い灰色の吐息の世界**」吉増剛造（『環』二〇〇四年春号）。

〈往復書簡8〉「**人間としての風景**」高銀（『環』二〇〇四年夏号）。

〈対談〉「**古代の服**」高銀＋吉増剛造（二〇〇四年一二月一三日、韓国京畿道安城市・高銀氏宅にて収録）。

〈対話を終えて〉「未完の対話」高銀（書き下ろし）。

〈対話を終えて〉「海を掬い尽せ」吉増剛造（書き下ろし）。

著者紹介

高 銀（コ・ウン）

1933年韓国全羅北道生。詩人。道で拾った癩病患者の詩集を読み，詩人を志す。朝鮮戦争時，報復虐殺を目撃，精神的混乱に。その後出家，僧侶として活躍するが，還俗し，投獄・拷問を受けながら民主化運動に従事。2000年６月の南北会談に金大統領に同行，詩を朗読。著書に詩集・小説・評論集等130余巻。『高銀詩全集』，『高銀全集』，『祖国の星』（金学鉉訳，新幹社）『華厳経』（三枝壽勝訳，御茶の水書房）他多数。

吉増剛造（よします・ごうぞう）

1939年東京生。詩人。大学在学中から旺盛な詩作活動を展開，以後先鋭的な現代詩人として今日に至るまで内外で活躍，高い評価を受ける。評論，朗読のほか，現代美術や音楽とのコラボレーション，写真などの活動も意欲的に展開。著書『出発』（新芸術社）『黄金詩篇』『オシリス，石ノ神』（思潮社）『螺旋歌』（河出書房新社）『剥きだしの野の花』（岩波書店）『詩をポケットに』（ＮＨＫ出版）『ごろごろ』（毎日新聞社）他多数。

「アジア」の渚《なぎさ》で——日韓詩人《にっかんしじん》の対話《たいわ》

2005年5月30日　初版第１刷発行©

著　者　高　銀
　　　　吉増剛造
発行者　藤原良雄

発行所　株式会社 藤原書店
〒162-0041　東京都新宿区早稲田鶴巻町523
TEL　03（5272）0301
FAX　03（5272）0450
振替　00160-4-17013

印刷・製本　図書印刷

落丁本・乱丁本はお取り替えします
定価はカバーに表示してあります

Printed in Japan
ISBN4-89434-452-1

*白抜き数字は既刊

❶ **初期作品集** 解説・金時鐘
664頁 6500円 ◇4-89434-394-0（第2回配本／2004年7月刊）

❷ **苦海浄土** 第1部 苦海浄土 第2部 神々の村 解説・池澤夏樹
624頁 6500円 ◇4-89434-383-5（第1回配本／2004年4月刊）

❸ **苦海浄土** 第3部 天の魚 関連エッセイ・対談・インタビュー
「苦海浄土」三部作の完結！ 解説・加藤登紀子
608頁 6500円 ◇4-89434-384-3（第1回配本／2004年4月刊）

❹ **椿の海の記** ほか エッセイ 1969-1970 解説・金石範
592頁 6500円 ◇4-89434-424-6（第4回配本／2004年11月刊）

❺ **西南役伝説** ほか エッセイ 1971-1972 解説・佐野眞一
544頁 6500円 ◇4-89434-405-X（第3回配本／2004年9月刊）

6 **常世の樹** ほか エッセイ 1973-1974 解説・今福龍太

❼ **あやとりの記** ほか エッセイ 1975 解説・鶴見俊輔
576頁 8500円 ◇4-89434-440-8（第6回配本／2005年3月刊）

❽ **おえん遊行** ほか エッセイ 1976-1978 解説・赤坂憲雄
528頁 8500円 ◇4-89434-432-7（第5回配本／2005年1月刊）

9 **十六夜橋** ほか エッセイ 1979-1980 解説・未　定

10 **食べごしらえおままごと** ほか エッセイ 1981-1987 解説・永六輔

11 **水はみどろの宮** ほか エッセイ 1988-1993 解説・伊藤比呂美
（次回配本）

⓬ **天　湖** ほか エッセイ 1994 解説・町田康
520頁 8500円 ◇4-89434-450-5（第7回配本／2005年5月刊）

13 **アニマの鳥** ほか 解説・河瀬直美

14 **短篇小説・批評** エッセイ 1995 解説・未　定

15 **全詩歌句集** エッセイ 1996-1998 解説・水原紫苑

16 **新作能と古謡** エッセイ 1999- 解説・多田富雄

17 **詩人・高群逸枝** 解説・未　定

別巻 **自　伝** 〔附〕著作リスト、著者年譜

〃鎮魂〃の文学の誕生

「石牟礼道子全集・不知火」プレ企画

不知火《しらぬひ》

（石牟礼道子のコスモロジー）

石牟礼道子・渡辺京二
大岡信・イリイチほか

インタビュー、新作能、童話、エッセイの他、石牟礼文学のエッセンスと、気鋭の作家らによる石牟礼論を集成し、近代日本文学史上、初めて民衆の日常的・神話的世界の美しさを描いた詩人の全体像に迫る。

菊大並製　二六四頁　二二〇〇円
（二〇〇四年二月刊）
4-89434-358-4